권경득 게임 판타지 소설

기갑
전기 매서커

GAME FANTASY STORY

기갑전기 매서커 4

권경목 게임 판타지 소설

초판 1쇄 찍은 날 § 2008년 7월 4일
초판 2쇄 펴낸 날 § 2008년 11월 10일

지은이 § 권경목
펴낸이 § 서경석

편집장 § 문혜영
편집책임 § 문정흠
편집 § 이재권

펴낸곳 § 도서출판 청어람
등록번호 § 제1081-1-89호
등록일자 § 1999. 5. 31
어람번호 § 제1-0974호

주소 § 경기도 부천시 원미구 심곡동 163-2 서경B/D 3F (우) 420-010
전화 § 032-656-4452 팩스 § 032-656-4453
http://www.chungeoram.com
E-mail § eoram99@chollian.net

ISBN 978-89-251-1380-7 04810
ISBN 978-89-251-1285-5 (세트)

!경목 게임 판타지 소설

기갑전기 매서커

GAME·FANTASY·STORY

데스 로드 편

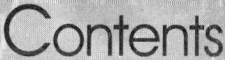 Contents

Act 00

늘 이기는 게임만 하는 사람들

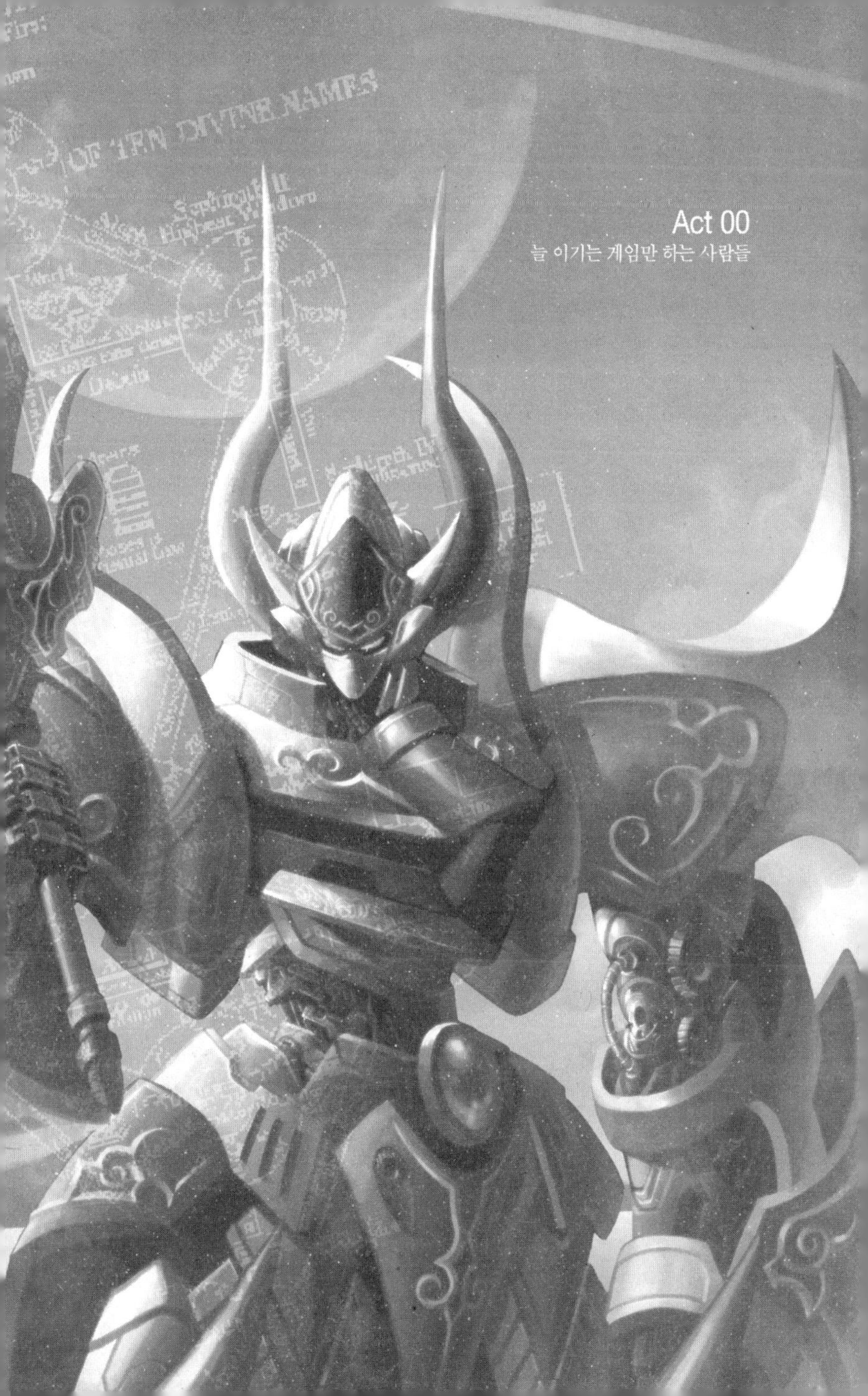

機甲戰記
Massacre
기갑전기 **매서커**

승자의 지갑이 두툼한 것은 사실이지만 바가지를 애교로 감내할 정도로 풍족한 건 아니다.

아르헨티나전의 승리를 UCC부터 인터넷 성인방송까지 모든 방송 매체가 들떠 떠들고 있을 때 그 승리를 이끈 주역들은 전혀 그렇지 못했다.

승리의 주역들, 바로 개인 골렘 오너들과 군소 길드의 골렘 오너들 말이다.

"미쳤다, 미쳤어!"

"히익, 솔져 급 마나 펌프가 칠.천. 골드라니?!"

"오백짜리 쿨러가 이천 골드! 이건 폭리가 아니라 강도 수

준이야."

"에엣! 엔진 보링에 오천 골드를 부르다니?! 신품 값보다 수리비를 더 받으면 어쩌자는 거요?"

"갑자기 이렇게 공임과 부품 값을 올릴 순 없소. 말이 된다 생각하시오?!"

"칼받이로 내세우더니 이렇게까지 개인 유저들과 군소 길드를 착취하려 들다니……."

이들은 아르헨티나전 승리의 기쁨에 취할 수가 없었다. 오히려 발을 동동 굴러야 했다.

두 번의 국가 대항전을 거친 터라 골렘들의 피로도가 누적되어 주요 부품을 교체하거나 너덜거리는 장갑의 교체가 필요하다.

그런데 거대 길드가 운영하는 메이지 타워(이하 마탑)에서 터무니없는 수리 공임과 부품 값을 공시한 것이다.

그러니 반파된 골렘을 수리하려면 거의 새로 한 대 마련하는 값 이상의 자금이 들 수밖에.

유저들이 거세게 항의해 보았자 돌아오는 답은,

"다른 데 알아보시오."

"싫으면 말든가."

개인 오너와 골렘 수리 설비를 갖추지 못한 군소 길드로서는 입이 쩌억 벌어질 따름.

자, 여기서 따져 보자. 솔져 골렘 한 대 가격이 준중형차 한

대 값과 맞먹는다. 솔져 골렘 한 기의 가격이 게임상의 가격으론 사만 골드로, 이를 유지하는 데도 돈이 솔솔치 않게 들어간다.

그만큼 골렘은 게임사가 만들어낸 최고의 소모성 복합 아이템, E&T가 3년 된 가상 게임임에도 인플레이션이 일어나지 않은 것만 보아도 알 수 있다.

골렘에 부착된 액세서리에 따라 차등이 있지만 국가 대항전이 시작되는 시점에 최고치를 기록했고, 대당 현금 거래는 이천만 원이 유저들이 공감하는 가격선으로, 이 가격선에서 거래가 빈번하게 이루어지고 있음은 소비자가 합리적이라 생각하고 있다는 반증이다.

한국의 일반 유저들은 골렘 가격 하락이 있을 것이라고 예상했다. 골렘 전력의 피로도가 큰 것은 사실이지만 그 이상의 골렘을 노획했기에.

노획한 골렘을 수리하거나 해체해 부품으로 쓰기에 한국 E&T엔 골렘 자원이 그 어느 때보다도 풍부할 수밖에 없다. 공임은 밀려드는 수리 주문으로 논외로 치더라도 부품 값은 떨어져야 하는 게 정상인데 이게 웬일인가.

거대 길드가 운용하는 마탑에서 자신들의 부품을 사용해야 한다 주장하며 자신들이 마음대로 징한 수리 공임을 들이밀었다.

공임은 공임대로 부품대는 부품대로 비싸게 책정되어 수

리할 엄두조차 나지 않는 상황이 벌어지고 말았다.

그러면 그런 마탑 말고 다른 곳에 수리를 의뢰할 수 있지 않느냐 할 것이다. 현실의 자동차 수리와 같은 경우엔 본인의 입맛대로 정비 공장을 고를 수 있지만 E&T 세계는 그렇지 못했다.

물론 간단한 외장갑이나 내장갑 교체를 할 수 있는 곳은 흔하진 않지만 드물지도 않다.

그러나 골렘 내부 기관을 수리해 기초 마력을 불어넣는 설비와 골렘을 이공간에 봉인시킬 수 있는 특수 설비를 갖춘 곳은 거대 길드가 소유한 마탑 등 몇 곳으로 한정되어 있는 게 문제였다.

마탑 간 가격 담합!

설비가 없는 개인 오너나 군소 길드 같은 경우 치명적일 수밖에 없다.

당연히 국가 대항전이 한창인 상황에서 일반 유저들의 원성이 하늘을 찔렀다.

거대 길드는 왜 이럴까?

그들은 두 번의 국가 대항전을 거치면서 재미를 보지 못했다. 아니, 전혀 없었다 해도 과언이 아니다.

반면 최전선에 배치된 개인 유저와 군소 길드들은 말 그대로 대박을 터뜨렸다.

최소 두세 기의 골렘을 노획한 골렘 오너가 부지기수.

후위에 배치된 거대 길드의 군단들은 부스러기 정도 건진 상황이었기에 거대 길드로선 골이 날 수밖에 없다.

어떻게든지 승리의 과실을 챙기려고 자신들이 가진 기득권을 최대한 발휘한 것이 지금의 횡포인 것이다.

이로 인해 한국 E&T는 출전 자체를 포기할 수밖에 없는 골렘 오너들이 속출할지 모르는 사태에 직면하고 말았다.

개인 오너들의 불만이 E&T에 쏟아지자,

공지.

'가상 게임에 희소성 시스템, 독점 시스템, 특권 시스템이 없으면 게임 자체 존재 의미가 없는 것이죠.'

E&T의 가격 통제 시스템은 전부 유저 분들이 결정합니다.

이의를 제기하신 골렘 오너 자체가 희소성 시스템과 특권 시스템을 동시에 누리는 특별한 존재 그 자체.

'전쟁 상인의 횡포'는 독점 시스템의 대표적 발현 방식으로 게임 진행의 전통 요소입니다.

즐기십시오.

이상 E&T였습니다.

모든 것을 유저가 해결하라는 E&T다운 반응.

"하이고, 너무하네요. …즐기래요."

"허걱, 제가 특권층이었군요. …몰랐네요. 국가 대항전, 이쯤에서 GG 칩니다."

"저도요. 다섯 대나 노획했는데 헐값에 빼앗길 순 없죠. 당분간 관망할랍니다."

"저도 수리 가격이 착해질 때까지 참전 유보!"

"아, 아쉬워라. 매서커 군단 바로 옆 군단 소속인데… 이제 진짜 축구나 보죠?"

"그래야 될 듯."

이렇게 독일전을 앞두고 한국 E&T의 분위기는 급전직하식으로 다운되었다.

그때, 상업 공지가 하나가 30분 간격으로 떴다.

트윈 타워.

한국 국가 대항전 2연승 기념 이벤트!

트윈 타워에서 골렘 수리, 골렘 렌탈 서비스 개시했습니다. 수리 공임과 부품은 대항전 이전 고시 가격을 준수하며 노획한 골렘을 담보로 신품 골렘을 빌려 드립니다.

사실 여부를 확인하기도 전에 수리처를 찾지 못해 마음 급한 골렘 오너들의 반응이 먼저 올라왔다.

우잉? 트윈 타워? 거기가 어디죠?

예약, 예약! 무조건 예약!!

하나 뒤를 이어,

저런 게 어디 있어?! 트윈 타워? 한 번도 들어보지 못한 곳 인데··· 낚시야, 낚시!

상업 공지니까 믿어도 되겠죠?

재벌 아들인감? 돈 들여서 낚시하게요

듣.보.잡 마탑이네요. 이번 기회에 홍보하려고 하는 게 뻔하죠. 전 기대 안 할랍니다."

동감.

지금 때가 어느 때인데 저따위 낚시 홍보를 하다니······.

거대 길드에 대한 불만이 상업 공지를 올린 트윈 타워에 쏟아졌다. 그럼에도 트윈 타워의 상업 공지는 계속 이어졌다.

트윈 타워 이용에 관한 자세한 내용은 아래와 같습니다.

1. 트윈 타워가 보유한 정비창 개수는 넷입니다.

반파 기준, 하루 최대 여덟 대가 수리 가능하기에 선착순으로 수리 접수를 받겠습니다.

경정비의 경우, 열여섯 대까지 수리 가능.

대항전의 원활한 진행을 위해 장갑 교체 등 경정비 위주로 세 개 정비창 운영할 예정입니다.

2. 부품은 유저가 보유 중인 예비 부품으로 교체 가능합니다.

부품 강매는 일체 없으며 대금은 노획한 골렘 부품으로 지불할 수 있습니다.

(골렘 부품 감정 평가는 대항전 이전 고시가를 기준으로 평가합니다.)

3. 완파나 반파된 골렘을 보유한 오너들에게는 노획한 골렘을 담보로 동급 골렘으로 렌탈하실 수 있습니다.

(트윈 타워가 보유한 솔져 골렘은 28기, 나이트 골렘은 16기로 현재 렌탈 대기 중입니다.)

비용은 대항전 참전 기준, 솔져 골렘 하루 1,200골드, 나이트 골렘 하루 1,600골드입니다.

(훈련 참여는 렌탈 비용이 부가되지 않습니다.)

4. 렌탈 조건:노획한 골렘을 담보로 맡기셔야 합니다. 즉, 트윈 타워의 렌탈 서비스는 국가 대항전 참전한 골렘 오너에 한정되는 것입니다.

골렘 렌탈을 신청하실 골렘 오너께서는 필히 대항전에 부여받은 군번과 참전 기장 번호를 쪽지로 알려주십시오.

수리 예약 역시 참전 기장을 소지한 골렘 오너를 우선합니다.

이상 트윈 타워였습니다.

…….

골렘 오너들의 의견 나눔이 3초간의 고요에 들었다.

이 정도면 현실적이고 구체적이다.

거대 길드가 운영하는 마탑의 행태에 반발해서 이러한 서비스를 골렘 오너들은 원하고 있다고 항변하는 모습으로 비춰질 정도.

낚시든 뭐든 거대 길드가 운용하는 마탑을 이용할 수 없는 군소 길드와 개인 유저들의 쪽지가 트윈 타워로 쇄도했다.

독일전을 3일 앞둔 한국 E&T에 트윈 타워의 열풍이 불기 시작했다.

*　　　　*　　　　*

지오는 상업 공지를 보고 수리를 의뢰해 온 쪽지 중 M군단에 소속된 전우들부터 추려냈다. 이후 인근 군단의 개인 오너들까지 추려 수리와 렌탈 배정에서 우선순위에 오르도록 조치했다.

"보이지 않는 손! 후후."

자신이 해줄 수 있는 배려라면 순번 당기기 정도.

"우우— 타워의 주인이 끼워넣기 비리를 저지르다

니……."

"하하, 형도 참. 비리라니요? 보이지 않는 손의 전우에 대한 따뜻한 배려라는 겁니다."

"끙, 근데 지오야, 이렇게 막 퍼줘도 되? 큰돈 만질 수 있는 절호의 기회잖아. 명색이 전쟁 상인이라는 간판을 달고 이런 식이면……."

큰곰이는 수리 대기 중인 골렘들을 바라보며 저게 다 돈인데라는 특유의 표정을 지었다.

"형님도… 트윈 타워를 알려야 한다면서요? 좋은 이미지부터 먼저 심어줘야지, 신생 마탑 주제에 기존 마탑의 폭리에 동참한다면 어떻게 고객을 끌어 모으겠어요. 그리고 기존 공임이나 부품 값엔 이미 이윤이 과하게 책정되어 있다고 원가 분석을 형이 했으면서."

"…그건 그렇지, 이윤이 과하지. 하지만 마탑을 세우니까 저렴하게 할 수 있는 일들이 너무 많잖아. 하루하루 유혹을 뿌리치기가 보통 일이 아냐. 지금 같은 시기엔 매시간 시험에 들게 한다니까."

"형이 그랬죠?"

"……?"

"올챙이 적 생각하라고."

"끙! 허허, 그때 내가 욕심만 부리지 않았어도……."

"지나간 이야긴 마세요. 조급해하실 것도 없구요."

"…그래."

큰곰이는 자신의 성급함이 부른 사건을 생각하며 입을 다물었다. 지오가 먼저 화제를 돌렸다.

"전망 좋죠? 가상 같지가 않아요."

"응, 이렇게 공중에 타워를 띄워놓고 있으니 마음도 놓이고 기분도 묘해. 제길, 우린 언제 성대하게 정식 오픈식을 가져 보나?"

"기존 세력들의 견제가 심하니 당분간 비밀을 유지하며 기다려야겠죠, 머지않았어요. 곧 파탄이 드러날 겁니다."

"그렇겠지?"

"그럼요. 우리 작업장을 그렇게 부숴 버린 놈들은 그 대가를 이번에 톡톡히 치르게 될 겁니다. 그것도 아주 비싸게."

"암, 그 자식들은 뜨거운 맛을 봐야 돼!"

큰곰이는 작업장에 난입해 게임 기기들을 부숴 버린 놈들을 생각하며 이를 갈았다. 아니, 사주한 원흉에 대해서리라.

이미 지나간 사건이지만 엉망이 된 광경을 떠오를 때마다 큰곰이는 몸을 부르르 떨었다.

"흥분하지 마요. 우리 꿈이 부서지진 않았잖아요."

"알았다. 네 덕에 작업장 재건이 순조롭게 되어가고 있으니… 그럼 난 이만 가볼게."

"예, 힘내세요."

지오와 큰곰이는 서로를 바라보며 손등으로 세 번 부딪치고 마주 잡았다.

"그랴, 네 덕에 산다."

"제가 형 덕에 살았잖아요."

큰곰이가 나간 뒤 지오는 창밖으로 지나가는 구름들을 바라보았다. 지나가는 구름 사이로 도시의 불빛이 아름답게 반짝였다. 고요하고 평화로웠다.

'독일 전력이 미국전을 거치면서 많이 약화되었다. 놈들이 부릴 수 있는 경우의 수는 적지만 그럴수록 패악의 정도는 커질 텐데……'

지오는 한국의 16강행을 바라지 않는 세력이 있음을 알고 있다. 미국을 올리기 위해선 무슨 짓이라도 할 수 있는 자들이다.

'한국이 올라가 보았자 유저 팔백만의 시장이 얼마나 더 커질 것인가. 미국이 올라가면 유저 사천만의 시장이 향후 4년간 확보되는 것이다. 나라도……'

"마탑의 가격 담합이라… 너무 유치해. 놈들답지 않은 조악한 수야. 놈들이 아닌 거지. 다른 뭔가가 있어."

　　　　*　　　　*　　　　*

국가 대항전을 준비하는 운영위원들이 모였다.

자칭 가상 세계의 왕후장상들이다.

안건은 곧 있을 대독전에 대한 전략 회의지만 관심은 딴 곳에 있었다. 그 누군가와 단체의 등장으로 인해 이들의 어감엔 짜증이 가득 배어 있었다.

"매서커, 일개 소영웅주의에 심취한 개인 유저야 별개로 치더라도 트윈 타워라… 골렘 봉인 설비를 갖춘 마탑의 등장을 우리가 몰랐다니, 우리 정보력이 어쩌다 이렇게 무뎌졌나요?"

"끄응— 그러게요. 딴 게임으로 신경을 분산한 적이 없는데. 요즘 그럴 만한 게임도 없고요."

운영위원들은 자신들이 한국 E&T를 완벽하게 장악했다고 말은 안 했지 생각은 오래전부터 하고 있었다. 한데 그렇게 고대하던 국가 대항전을 시작하자마자 자신들의 의도가 먹혀들지 않자 충격에 빠지고 말았다.

마탑은 길드의 주요 수익원 중 하나, 마탑을 놓고는 친목이 돈독한 거대 길드 간에도 항쟁이 벌어질 정도다.

개발사가 수많은 편의 시스템을 마탑이 설치하고 운영할 수 있도록 이양했기에 그러했다.

마탑을 소유했다 함은 매일 돈다발로 사과 상자를 채우는 것과 같다.

가십을 즐기는 일반인까지 관심을 가질 수밖에.

막강한 이권 단체의 등장에 대해 전혀 모르고 있었다는 사실은 난다 긴다 자부하는 그들로서는 충격, 그 자체였다.

그 충격은 매서커의 등장에 비할 바 아닌 것이다.

트윈 타워?

위치도 알 수 없다. 당연히 누가 오너인지 알 수 없다. 구성원이 몇 명인지도 모른다.

이동 게이트가 집중된 자유 도시의 평범한 연락소를 통해 거래와 물품이 오간다는 정도밖에.

골렘 수리는 분명 이루어지고 있었다.

그리고 경악할 만한 골렘 렌탈 서비스까지 여보란 듯이 척척.

이로 인해 개인 오너들과 군소 길드의 참전 분위기가 되살아나고 있었다. 반대로 거대 길드에 대한 여론이 불친절하게 형성되어 가며 운영 비리를 취재하려는 개인 방송업자들이 집요하게 달려들고 있었다.

덩달아 내부 고발까지 겹쳐 죽을 맛인 거다.

"매서커라는 듣.보.잡 골렘 오너도 거슬리는데 이번엔 트윈 타워?!"

"듣보잡의 전성시대로고."

"도대체 어디서 나타난 마탑이랍니까?"

"그걸 알 수 없어 답답한 거죠. 게다가 우리의 움직임에 이렇게 완벽하게 딴지를 걸고 나오니… 조치가 필요합니다."

"그래요. 대항전을 준비하면서 길드마다 많은 무리를 했는데 대항전에서도 그렇고, 이런 식으로 수익을 챙길 수 없다면 투자를 끌어들인 의미가 없잖습니까?"

"그래요. 저희 길드는 마탑 유치를 하는 데 엄청난 투자를 한 상태입니다. 수익을 거두지 못하면 투자자들이 이탈할지도 몰라요."

"끄응—"

투자자란 단어에 모인 운영위원들의 얼굴들이 딱딱하게 굳었다.

그렇다.

거대 길드 운영이 과거처럼 길드원들의 회비와 자진 헌납으로 운영되어지는 단계를 벗어난 지 오래다.

길드를 운영해 길드원들의 편의 외로 투자자들의 수익을 보장해 주지 않으면 군소 길드로의 전락은 한순간.

운영위원들로선 길드원 천 명이 이탈하는 것보다 투자자 한 명을 잃는 게 더 큰 문제인 것이다.

분위기는 순식간에 얼어붙었다.

마탑간 가격 담합이 '트윈 타워'의 등장으로 의미없는 야합이 되고 말 것인가.

실패하면 어디서 수익을 찾을 것인가.

갑갑한 침묵이 흐르는 가운데,

"한국 E&T는 이미 2승을 챙겼습니다."

운영위원들의 시선이 구석진 자리의 일인에게로 쏠렸다.

그는 운영위원 중 가장 비중있는 일인을 들라면 제일 먼저 생각나는 인물로, 외면받는 들러리거나 최고인이 앉을 수 있는 자리일지도 모르는 애매한 위치에 앉아 있었다.

운영위원 중 유일하게 마탑 간 가격 담합을 반대했다.

물론 그가 고매한 인품의 소유자여서가 아니다. 누구보다도 욕심 많고 원하는 바를 획득하기 위해 가상 세계에서든 현실 세계에서든 수단과 방법을 가리지 않음을 여기에 자리한 모든 인물들이 익히 알고 있다. 아니, 오히려 가상에서의 문제를 현실에서 해결하기를 즐겨하기에 이 자리에 꼭 필요한 인물이 그인 것이다.

그는 자신에게 몰린 시선을 즐기며 아주 조용하고 은밀하게 입을 열었다. 그가 이렇게 말할 때는 아주 큰 이권이 있을 때이기에 모두 귀를 세워 그의 입을 주시했다.

"…한 번 정도는 져도 될 것 같은데요."

"……."

좌중의 눈들이 둥그렇게 커졌다.

이건 뭔가 위험하다.

운영위원들은 이 위험한 사내의 어감에서 끈적한 범죄의 냄새가 물씬 풍기자 긴장하기 시작했다. 그리고 그 범죄는 구체적으로 입에 담을 수 없는, 그런 것이다.

그래서인가 그는 화제를 돌렸다.

"여러분도 아시다시피 미국과 독일이 2차대전 이후로 그렇게 처절하게 싸운 적이 없을 정도로 격돌했습니다. 그 승패의 결과는 아직 미정입니다."

사실이다.

한국이 아르헨티나를 상대로 압승하는 동안 3천여 대의 골렘을 동원한 물량의 미국과 1,500여 대의 골렘을 동원한 질을 추구하는 독일이 격돌했다. 한 치의 양보없는 전투가 펼쳐졌고 승패의 결과가 예측 불허 상태에서 전투가 끝이 났다.

대치선을 굳건히 지킨 독일 유저들의 감투 정신이 빛난 경기였다. 양측 공히 대파된 기체보다 반파된 기체가 대부분인지라 주관사인 글로벌 E&T는 정밀 판독을 선포하며 승패 발표를 미루었다.

현재 전 세계의 시선이 이 승패의 판정에 쏠려 있다.

"가상 게임은 전 세계 친구를 사귈 수 있어 좋습니다. 제가 아는 미국 친구의 예측으론 미국과 독일전의 승패 발표는 한국과 독일의 승패 여하에 따라 달라질지 모른다 하더군요."

"……!"

그는 이렇게 말하고 좌중을 둘러보며 뜸을 들이더니 늘 아래로 향해 있던 눈을 날카롭게 치켜 떴다.

그 눈엔 위협 이상의 광기가 담겨 있다.

"후후, 전세계 E&T 유저들을 위해서 한국보다야 미국이 올라가야 한다고 생각하는데… 여러분 생각은 어떻습니까? 이곳엔 저를 포함해 투자자들을 만족시켜야 하는 투철한 사명을 가진 분들이 대다수임을 잘 알기에 할 수 있는 제안이 있습니다. 제 제안은 이제부터 중요한데… 듣기 싫으신 분들은 조용히 일어나 나가주셨으면 합니다."

"……."

운영위원 중 앉은 자리를 이탈하는 위원은 없었다.

이미 무슨 말을 하려는지 감 잡았다.

이건 건수가 크다.

"후후, 우린 오래전부터 전우라고 생각했는데‥ 제 생각이 틀리진 않았군요. 기쁩니다!"

"……."

"제가 의리있음을 이 자리에 계신 여러분은 다 아시죠?"

운영위원들의 고개가 주억거렸다.

그는 돈과 관련된 의리에선 더없이 충실했음을 인정해야 했다. 그렇기에 서로 이 자리에 모일 수 있는 것이고.

반응을 확인하자마자 그의 눈빛은 급변했다.

야생의 맹수가 먹잇감의 여린 목을 큼직막하게 베어 물었을 때의 잔혹함으로 번뜩였다.

"여러분도 아시다시피 E&T가 주관한 국가 대항전 중계가 슈퍼볼 시청율에 근접한 상태, 이 때문에 미국 E&T의 주가도 급등일로에 있고요. 아주 좋습니다. 베리 웰!!"

그랬다. 각국에 상장된 E&T 주가는 연일 상한가를 갱신하고 있는 중.

"더불어 승패의 갈림에 걸린 판돈의 규모도 어마어마… 허허, 저도 제법 걸있습니다. 물론, 여러분 몫까지. 그런데 문제는 미국이 조 예선을 통과해 16강을 넘어 4강까지 올라가야 그나마 재미를 약간 본다는 데 있습니다."

"……."

꿀떡, 하는 침 넘어가는 소리가 고요한 공간에 울렸다.

"전쟁을 하는 건 유저들이지만 그 승패를 정하는 것은 전장이 아닌 바로 이 자리에서라고 제가 말한 적이 있는 걸로 압니다."

운영위원들은 기억한다. 그때 그저 그러려니 하는 호기로운 말로 그렇게 알고 있었다. 이 자리는 그만큼 우쭐할 만한 자리니까.

하나 그 말의 진정한 의미는?

"그렇습니다, 우리가 전쟁의 승패를 결정지을 순간이 왔습니다. 제가 제안하고자 하는 대독전 대응 전략은, …입니다."

너무 간단했다.

"길드원들을 단속해 주십시오. 배당은 길드원들의 참여율에 따라 달라지겠죠. 다들 잘하시라 믿습니다."

"……."

모두 대답하지 않아도 알아들었다.

바로 이거다!

그들 내부에 꼭꼭 감추어놓았던 야수의 심장이 뛰기 시작했다. 이것은 안전한 사냥감을 쫓을 때의 비열한 전율과는 또 다른 것이다. 상아를 뽑힌 뒤 방치된 코끼리 사체를 내려다보는 육식조의 흐뭇함이라 할까.

이들 사이에 길쭉한 입 모양이 동시에 그려졌다.

적극적인 협력이 있으리라는 것은 이 소리없는 웃음 안에 전부 포함되어 있음이리라.

이제부터 육식조들의 우두머리가 된 그가 탁한 눈빛을 흘리며 자신있게 말했다.

"이기면 그저 그렇고, 패하면 이익이 더 커 좋은 게 진정한 승자 아닌지요. 오늘 이후로 여러분과 저는 그런 위치에 올라선 것 같군요."

"오ㅡ!"

지당한 말씀.

운영위원 모두가 그를 향해 엄지를 추켜세웠다.

Act 01
늘 이기는 줄 알고 있는 사람들

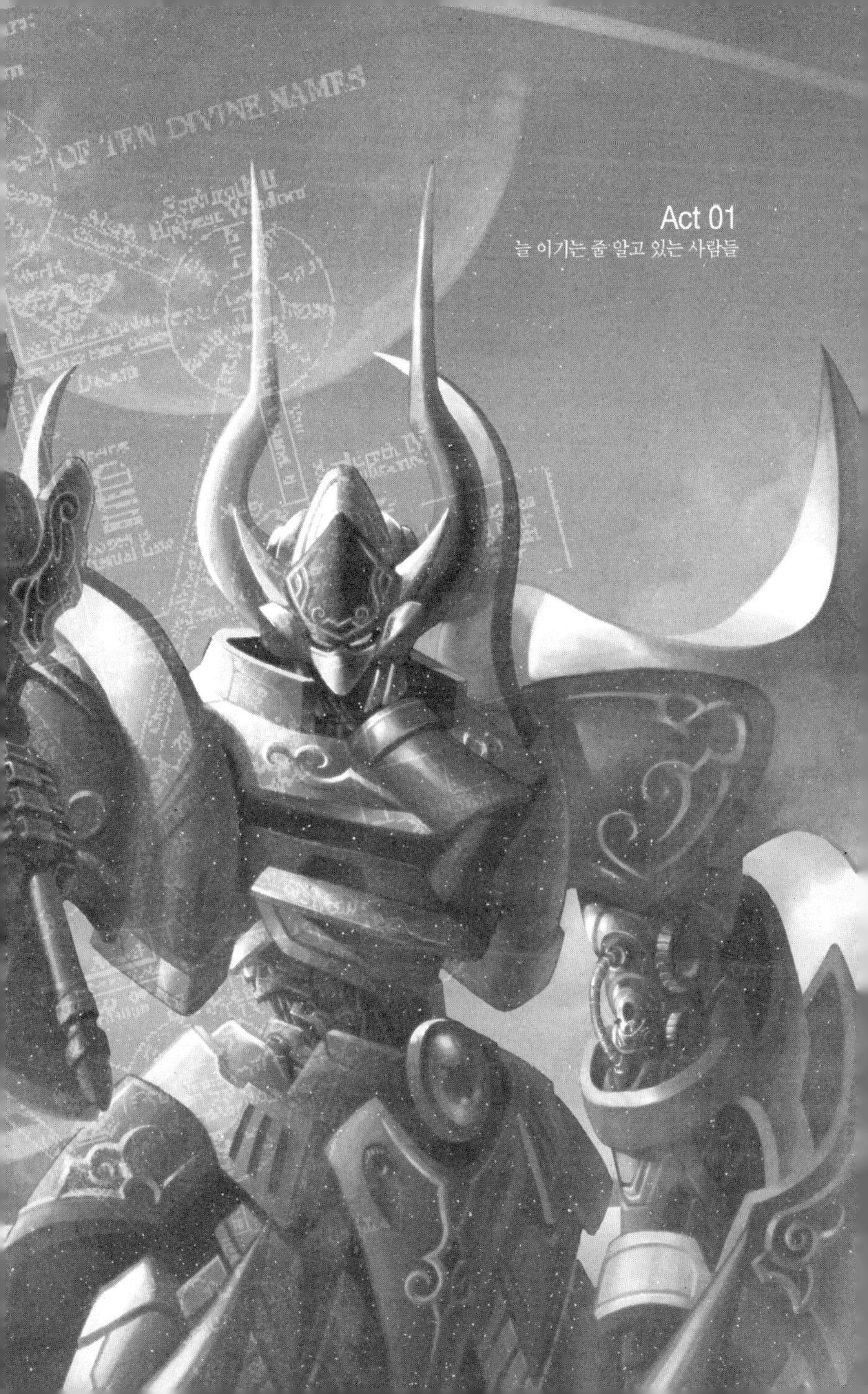

機甲戰記
Massacre
기갑전기 매서커

　미국과 독일전의 판정이 계속 미루어지는 가운데 독일전의 그날이 찾아왔다.

　공원 광장 곳곳에 3차원 홀로그램 전광판이 세워지고 그 앞으로 시민들이 새벽부터 모여들었다.

　E&T 캐릭터로 분장한 코스튬 플레이어들이 자신이 속한 길드 깃발을 앞세우며 행진했고 일반인들이 장난감 악기를 두들기고 불며 뒤를 따랐다.

　뿌뿌— 짝짝짝— 짝짝!

　"와— 사람들 많다."

　"이런 축제가 얼마 만이야."

축제! 거리 축제의 재현이었다.

수십 년 만에 차도의 주인이 차가 아닌 사람이 되어가고 있었다.

각종 매체에선 독일이 미국을 상대로 처절하게 전투했기에 한국을 상대로 버티지 못할 것이라는 전문가들의 분석이 반영되며 오늘의 분위기를 한껏 돋우고 있었다.

아르헨티나전의 압도적인 전투 장면이 반복 방송되며 경기 시작을 기다리는 이들의 마음에 승리의 열망을 점점 고조시켰다. 외신들도 대한민국에서 다시 부활한 거리 축제를 앞다투어 보도했다.

선진국 문턱에서 추락한 대한민국이 다시금 세계인의 주목을 받기 시작한 것이다.

사람들은 한껏 들떴고 광장에 들지 못한 사람들을 중심으로 구호가 등장했다.

교통 통제, 차도 개방. 한국 승리—!

광장은 이미 수용 한계를 벗어난 지 오래.

경찰은 수십 년이 지난 매뉴얼을 찾아 교통을 통제하고 차도를 막아 광장을 확장시키느라 뒤늦게 진땀을 뺐다.

몰려드는 인파로 어깨와 어깨가 부딪쳤지만 모두가 곧 벌어질 축제를 기다리며 불편을 참아냈다.

드디어 경기 시작 시간이 되고… 시민들은 카운터 다운을 합창하기 시작했다.

10! 9… 3! 2! 1! 0!

광장 공중으로 빛 한 줄기가 발사되었고 날카로운 광선은 곧 수갈래로 분리되어 우산의 살대 모양으로 떨어져 내렸다.

빛은 선이 되었고, 곧 면이 생겨나더니, 이어 입방체가 만들어지며 허공 위로 놀라운 전경을 뿌려놓았다.

3차원 홀로그램 영상이 만들어놓은 것은 지구상 그 어디에도 없는 광활한 불모지, E&T의 가상 세계다.

"우와—!"

광장에 일시에 함성이 울려 퍼졌다.

펼쳐진 전경은 웅장했고 거리 어디에 있든지 똑같은 영상을 선명하게 볼 수 있었다.

광활한 불모지 한가운데 요정 날개를 단 인형이 날개를 파르르 떨며 날아오더니 점점 다가오면서 그 크기를 키워 나가 하나의 또렷한 사람 형상이 되었다.

굴곡이 노골적으로 드러난 의상을 걸친 아름다운 여성, E&T 유저라면 익히 알고 있는 방송인이었다.

—안녕하세요~ E&T 유저 여러분, 국민 여러분! 독일전 중계를 맡은 담비입니다.

짜잔, 제 의상 어때요? E&T에서 저를 위해 특별히 만들어 주신 겁니다. 이쁘죠? 예, 감사합니다.

자랑은 이제 그만. 한국이 무려 2연승을 거두어 조 단독 선두에 올랐습니다. 이제 독일을 상대로 이기면 3연승으로 당당하게 조 일위로 예선을 통과하는 겁니다. 일대 파란이죠.

이번엔 한국 유저들이 막강 전차군단을 상대로 어떻게 승리를 일궈낼지… 기대로 가슴이 두근두근.

제가 그 승리의 전 과정을 소상히 전해 드리겠습니다.

자, 그럼, 새로운 전장인 '패권의 불모지'로 용사들의 활약을 담으러 방송 요정 담비, 날아갑니다.

파르르르르르—

담비는 투명한 요정 날개를 요란하게 떨며 불모지를 향해 날아갔고, 곧 거대한 영상에서 그녀의 모습은 점점이 작아지며 사라졌다. 화면은 작은 점을 쫓아 이동했고, 불모지에 도열한 골렘 무리를 가득 담기 시작했다.

"와아아아—!"

광장에 모인 시민들의 환호가 허공을 가득 메웠다.

*　　　*　　　*

'작은 학살자'에 탑승한 지오는 화상창에서 올라온 방송 중계 영상을 껐다.

"짧게 끝낼 줄도 알고… 많이 발전했어, 담비 양."

그런데 뭔가 이상했다.

현 대독전 포진은 자신이 제안했던 대로 개인 유저들과 군소 길드 유저들로 구성된 군단이 선봉을 맡기로 했고, 그렇게 포진을 마친 상태.

이미 정해졌기에 전술 회의는 없으니 작전 회의장에 올 필요없다는 연락을 받았다. 물론 각 군단장들도 마찬가지.

꼴보기 싫은 족속들이라 오히려 반겼는데 왠지 모를 찜찜함이 지오의 집중을 방해했다.

"…뭔가 있어. 새 지형은 마음에 들지만 다른 유저들에겐 아닐 텐데."

그랬다.

패권의 불모지는 시야를 가리는 구릉이 듬성듬성 있었다.

지난 두 차례는 탁 트인 평원에서 전투를 치렀는데 3차전 지형은 골렘이 기동하기가 그리 녹록치 않은 전장인 것이다.

물론 자신은 이와 흡사한 지형에서 2년을 보냈기에 오히려 친숙할 따름.

[누가 이따위 지형을 선택한 거야? 다른 군단이 어디 있는지 알 수가 없잖아.]

[M16, 또 툴툴거리네. 우리가 언제 다른 군단과 보조 맞추어 싸웠어? 우리는 무적의 매서커 군단이라고. 눈앞의 저 정도 평지면 충분하잖아.]

[피— M18, 모르시는 말씀. 도망가는 적들이 구릉 지대 뒤로 숨어버리면 추격하기가 힘들다고—]

[허이구, 이 아줌마가 완전 컬렉션 수집광이 되었군. 독일 전차군단을 완전 물로 봐요.]

[힝, 나만 그런가? 다들 그 정도 자신은 있잖아?! 우린 무적의 매서커 군단이라며.]

[크, 바로 돌려주는군. 졌다, 졌어.]

[하하하—!]

통신관엔 다수가 토해내는 호시로운 웃음으로 가득 찼다.

이처럼 M군단 내 골렘 오너 간 통신은 활발했다.

지오는 군단원들이 통신을 평상시처럼 하도록 주문했다. 전투 전의 긴장을 푸는 데 제일 중요한 것이 이와 같은 평상심을 유지하는 것에 있으므로.

지금까진 분위기 좋다.

하나 지오는 엄지손가락을 입에 넣고 손톱을 깨물었다.

알 수 없는 불안감에 잊었던 습관이 살아났음을 알지 못했다.

'좌우로 2개 군단만 육안 식별이 가능하다. 전장이 될 평원은 1킬로미터의 폭이니 전장으론 부족함이 없다. 단지 포진

장소가 적이나 우리나 전체 전력을 한눈에 담기 어렵다는 것인데…….'

서로의 조건은 같다. 그러나,

'이 지형… 사냥당하지 않으려는 독일 측의 입김이 작용한 것일까? 아니야… 그런 느낌이 아니야. 이건 매우 더럽고 끈적해. 마치 그때 그 느낌처럼.'

"…설마?"

그때였다.

따단!

공지입니다.

글로벌 E&T의 결정입니다.

대항전 시간에 짧다는 각국 E&T의 항의에 따른 조치입니다.

독일과 미국전의 승패 판독이 늦어져 모든 국가 대항전의 일정에 지장이 초래되고 있습니다.

이는 시간 제한 규정 때문입니다.

그래서 오늘 경기를 포함해 벌어지는 E&T 대항전은 축구 경기 시간에 관계없이 각 진영의 골렘 기동 한계 시간까지 국가전을 수행키로 결정했습니다. 진정한 전쟁인 것입니다.

앗, 기동 시간을 소진할 때까지 싸운다고?!

족히 여덟 시간은 될 터이다.

전쟁다워진 전쟁!

한국 E&T와 독일 E&T가 새로운 규정을 받아들였습니다.

'전쟁은 보다 전쟁다워야 한다'는 유저들의 의견을 적극 수용한 결정입니다.

이상 글로벌 E&T였습니다.

[와―!!]

통신관을 통해 골렘 오너들의 함성이 울려 퍼졌다.

골렘 기동 시간 동안 양껏 적들을 사냥해 무제한 루팅이 가능하다는데 마다할 골렘 오너가 없는 것이다.

[M군단을 위해 만든 규정이야.]

[등 떠밀어 부자를 만들어준다는데 마다할 이유가 없군. 커커커.]

[와우, 이참에 팬저부터 타이거까지 골고루 컬렉션을 꾸려야지.]

상승세를 탄 한국에 유리한 규칙임이 분명했다.

하지만 지오는 이런 변화가 불안하기만 하다.

'어느 누가 자신의 장기를 포기하고 전쟁을 한단 말인가? 독일의 골렘들은 중장갑을 부착한 골렘들이 대부분이라 기동 시간이 짧을 수밖에 없다. 단기전엔 안정적일진 모르지만 장기전에 극히 불리한 골렘이 주력! 독일 E&T가 본인들에게 불리한 장기전 규칙을 받아들였다?! 이건 뭐가 이상해, 도대체 뭐야?!'

지오는 통신관을 통해 들리는 들뜬 기대에 전혀 공감할 수 없었다.

불안감의 정체는 곧 현실로 나타났다.

[매서커님, 군단장입니다……]

"말씀하십시오."

'음, 이상한데?'

군단장의 어투가 가늘게 떨리고 있었다.

[후위 군단과 연락이 되지 않습니다. 전혀……]

"예?!"

[…그리고 지휘부와의 연락까지 되지 않고 있습니다.]

"다른 군단의 상황은?"

[다른 군단장들도 마찬가지라 합니다. 오히려 매서커님이 있는 우리 군단에 지휘부의 위치를 문의해 오고 있습니다.]

"설마……?!'

M군단장의 침묵이 길었고 마지못해 기어가는 목소리로,

[…사실인 것 같습니다. 군단장끼리 통하는 통신 채널 중 불통이 대부분입니다. 그 대부분이 거대 길드가 후원하는 군단들입니다.]

"무슨······."

[지휘부 직속이죠. 우리 후위를 받쳐 줄 군단은 참전하지 않은 게 확실합니다.]

"······!!"

'아— 우려가 사실이었어. 빌어먹을, 어떻게 이럴 수가.'

군단장의 말은 군단 구성원 모두에게 전해졌다.

호기로 들떴던 통신관에 싸한 정적이 흘렀다.

[······.]

후위를 받쳐 줄 군단이 없다?! 처음부터 참전하지 않았다?!

지휘부 자체가 없다?!

이는 명백한 보이콧!

그럴 순 없다. 어떻게······.

참전 유저들의 머리는 복잡했다.

도대체 우리가 무얼 잘못해 보이콧을 당해야 하지?

아냐, 아냐. 이건 말도 안 되는 배신 행위!

모두들 이 사실을 믿을 수가 없어서인지 정리되지 않은 거친 생각만 머릿속에서 왱왱거렸다.

그 가운데 지오의 목소리가 전체 통신관을 통해 흘러나왔는데, 감정이 너무도 억제되어 건조하게 느껴지기까지 했다.

"여러분, 게임 방송창을 열어 전체 그림으로 확인해 봅시다."

지오를 포함해 참전한 전 골렘 오너들이 게임 방송 화면창을 열었다.

[……!!]

차라리 열지 말 것을… 이곳은 더 난리였다.

—믿을 수가 없어요, 믿을 수가—! 한국 측의 참전 골렘 수는 불과 300여 대를 넘는 수준. 이에 반해 독일 측의 골렘 대수는 1,000대에 달합니다. 도대체 그 많던 한국 측 골렘은 어디로 사라진 걸까요? 한국 측 지휘부는 전장 어디에서도 보이지 않습니다. 아— 이 일을 어쩌죠?

담비는 요정 날개를 파르르 떨며 현 상황을 빠르게 뱉어냈다. 공중 카메라를 대동하고 전장 곳곳을 핑핑 날아다니며 지휘부와 골렘 군단을 찾았지만 황량한 원추형 구릉 지대에 위치한 매서커 군단이 전부였다.

담비의 흥분된 움직임에 화면 구성은 어지러웠고, 이를 지켜보는 시민들은 입을 벌린 채 멍하니 서 있을 뿐이었다.

한국 측은 온, 오프로 패닉 상태에 빠져들었다.

구르르릉—!

쿠구구구—!

지축이 뒤집어졌다. 뒤이어 붉은 흙먼지가 해일처럼 일었다.

반대편 구릉 지대 사이에서 독일의 골렘들이 대거 등장하고 있었다.

멀리 한국 측까지 진동이 전달되어 잔돌이 튀어 올랐고 평지는 붉은 흙먼지로 뿌옇게 뒤덮였다.

푸스스스—

이동이 멈추고 먼지가 가라앉으며 청회색의 강철거인들이 가진 실루엣이 어깨에서부터 서서히 드러났다.

평원에 도열한 대오는 한 점 흐트러짐없이 지극히 안정적이며 자신감 넘치고 당당했다. 골렘들 대부분의 외장갑은 깊은 스크래치와 떨어져 나간 도색 얼룩으로 엉망이었지만 사냥감이 될 수 없는 위용이라.

독일의 최대 동원 능력은 700여 기라 예상했는데 그 예상을 뒤엎고 무려 1,000여 기를 동원시킨 것이다.

1,000대!

그중 200여 기는 갓 공장에서 찍어낸 듯 번뜩이는 도장과 장갑을 자랑하는, 눈에 확 띄는 거체들로 구성되어 위용을 배가시켰다. 이 200여 기는?

헌팅 타이거!

독일 E&T의 주력이 팬저라면 최근에 선보인 것이 저 헌팅 타이거라는 대형 나이트 골렘으로 운전 중량이 무려 64톤에 달하는 괴물이다. 200여 기라는 숫자가 말해주듯 독일은 이 새로운 골렘의 양산에 성공한 것이다.

그리고 오늘이 그 첫 실전인 셈.

그렇게 독일은 한국을 상대로 그들이 가진 비장의 한 수를 내어놓았다.

이 한 번에 독일 유저의 저력이 고스란히 드러났다.

그에 비하면 한국은 고작 300여 기의 골렘으로 대응책을 마련하지 못해 우와좌왕하고 있을 뿐.

통신관은 욕설과 성토로 엉망진창으로 되어버렸다.

지오는 이 사태에 기가 막혔다.

양 관자놀이가 펄떡펄떡 뛰어올랐다.

"개놈들—!"

멀쩡한 정신을 갖고 한국인으로 살아간다는 것이 이다지도 고통스럽고 희망도 없단 말인지.

*   *   *

평원은 붉게 침묵했다.

독일도 얼떨떨하기는 마찬가지.

독일은 한국이 최소 900기 이상 동원할 것이라 예상하고 있었다. 그런데 고작 300여 기를 내보냈다.

그렇다, 있을 수 없는 일이다.

이변을 전혀 예상 못했음인지 한국 측 대응을 살피며 대열을 유지한 채 묵묵히 지켜보고 있을 따름이다.

시간 제한이 풀린 이상 급할 게 없는 것이다.

여하튼 미국전에서 처절하게 싸운 독일이 1,000여 기의 골렘을 동원한 것도 놀라운 저력을 보여준 것이다.

반면 두 차례나 압도적으로 승리한 한국이 고작 300여 기만 출전시킨 것은 있을 수가 없는 일이었다.

그런데 이 사태를 기다렸다는 듯이,

공식 발표.

글로벌 E&T입니다.

미국—독일전의 승패 판독 결과를 지금 발표하겠습니다.

제삼자 정밀 판독 및 집계 결과 킬 포인트 318포인트를 획득한 미국이 승리했습니다.

독일이 획득한 킬 포인트는 315포인트입니다.

독일 유저들이 놀라운 감투 정신을 발휘해 389대의 미국측 골렘을 반파시켰지만 반파된 기체는 말 그대로 킬 포인트에 반영되지 않습니다.

독일 E&T는 이 집계 결과를 인정하였습니다.

다시 한 번 더 알려드립니다. 미국과 독일, 독일과 미국전의 최종 승자는 미국입니다.

구우우웅—

독일 측 골렘 오너들이 마나 엔진을 길게 공회전시키며 결괴 발표에 특유의 야유를 보냈다.

　문제는 이다음이다.

　종료 경기 결과 알림.
　미국과 아르헨티나의 국가 대항전은 아르헨티나의 무조건 항복으로 끝이 났습니다.

　"……!!"

　미국은 아르헨티나전에서 268포인트의 킬 포인트를 획득했습니다. 데드 포인트는 0입니다.

　이럴 순 없다. 무조건 항복이라니…….
　결정타를 날렸다.

　현재 C조 순위입니다.
　미국:2승 1패, 보유 킬 포인트 624포인트(한국전 38, 독일전 318, 아르헨티나전 268)로 조 선두가 되었습니다.
　한국:2승, 보유 킬 포인트는 463포인트(미국전 207, 아르헨티나전 256, 독일 0)로 그 뒤를 따르고 있습니다.
　독일:1승 1패, 보유 킬 포인트 325포인트(아르헨티나전 10, 미국전 315, 한국전 0)로 조 3위에 랭크되어 있습니다.

아르헨티나:3패, 예선 탈락 확정.

이상 글로벌 E&T였습니다.

방금 이 알림은 무엇을 말하고자 함인가.

누구도 생각해 보지 않은 경우의 수가 발생했다.

독일이 300기밖에 되지 않는 전력을 내어놓은 한국을 섬멸시키면… 2승 1패를 거둔 나라가 3개국이나 된다.

여기서 킬 포인트가 많이 획득한 나라순으로 조 순위를 매긴다면 미국, 독일순으로 1, 2위가 결정되어지는 것이다.

물론 한국이 독일을 상대로 졌을 때 킬 포인트 161을 뺏어야 예선 탈락 없이 16강에 오를 수 있다.

킬 포인트 161을 획득한다?! 300기로 1,000기를 상대로?! 어떻게?!

다른 군단과의 연계가 쉽지 않은 지형으로 일방적인 사냥이 벌어지기 딱 좋은 전장터에 시간은 풍족하다 못해 끓어 넘친다.

게다 상대는 세계가 알아주는 중장갑 골렘 군단이다.

두 배의 전력으로 몰아붙인 미국이 간신히 이긴 것만 보아도 알 수 있다.

철벽 대오, 강철 대오!

독일을 상대로 킬 포인트 1을 획득하려면 똑같이 킬 포인트 1을 상대에게 상납해야 가능했다.

결국 한국에게 남은 것은 예선 탈락밖에 없단 말인가.

광장에 모인 시민들은 이제야 사태가 명확하게 파악되자 입을 막고 발을 동동굴렀다.

파리를 한입 가득 넣고 씹은 기분이 이럴까.

축제 분위기는 싸늘하게 식어버렸다.

독일 측에서 거대한 영상이 일어났다.

판타지식으로 붉은 망토를 걸친 것을 제외하고는 2차대전 당시 SS친위대 장교복을 연상시키는 회색 제복을 걸친 은발의 전형적인 게르만 미청년이었다.

그는 한국 측을 향해 경례를 붙였다.

이어 이 정중한 미청년의 목소리가 우호 통신을 통해 흘러나왔다.

[한국의 전우 여러분, 안녕하십니까. 독일 E&T 지휘부 전선 통제관을 맡고 있는 '헬뮤트' 입니다. 한국에서 3년간 유학하며 과학적인 한글을 열심히 공부했습니다. 지금도 그때가 그립군요.]

[……!]

그는 예전 미국전에 나온 인디언 복장의 교포보다는 거부감 들지 않을 정도의 한국어를 구사하는 서구인이었다.

새파란 눈이 주는 이질감이 느껴지지 않을 정도로 표정은 부드럽고 서글했다.

[한국의 총전력을 상대로 자웅을 겨루고 싶었는데 기회가 닿지 않는군요. 안타까울 따름입니다. 여하튼 1년 넘게 국가 대항전을 준비한 저희 독일을 한국이 이길 순 없습니다. 보시다시피 저희 독일은 미국전을 거치고도 1,000기의 골렘을 동원했습니다. 16강전을 대비한 예비 전력까지 총동원해야 했지만 이것이 바로 선진 인류 게르만인의 저력인 것입니다.]

[…….]

그래서 좋겠다. 너 잘났다!

[세계 100대기업에 5개의 대기업이 있고, 200대기업으로 확대하면 12개의 대기업이 있는 한국이 선진국이 되지 못한 이유는 무엇일까요?]

[……?]

[돈이면 뭐든지 매수할 수 있는 곳, 나의 성공만이 개인의 최대 관심사인 곳, 약자에 대한 배려는 눈곱만큼도 없는 곳, 외국인을 학대하면서 해외 취업을 빙자해 용병을 수출하는 곳. 그점을 너무 잘 알기에 자부심이 사라진 시민들. …선진국 문턱에서의 추락은 당연한 것입니다.]

[……!!]

[지금도 보십시오. 여러분의 동료는 도대체 어디로 사라진 것입니까? 희망없는 나라 대한민국! 그렇습니다, 여러분의 패배는 이미 기정사실인 것입니다.]

…알고 있다, 그래서 어쩌라고?!

한국 측 오너들은 부끄러움과 분노로 온몸이 파르르 떨렸다.

니밀, 시팔—!!

전 세계인이 지켜보는 가운데 어떻게 이럴 수 있단 말인가.

오히려 참전한 유저들이 부끄러워 몸둘 바를 몰라 했다.

[안타까워 실례했습니다. 충격이 클 것입니다. 용감한 여러분을 독일 유저들은 진심으로 존경합니다.]

뺨 쳐놓고 어르기.

[저는 여러분에게 한 가지 제안을 하려고 합니다. 저희 독일이 여러분에게 드릴 수 있는 호의는 단 하나입니다. …무조건 항복하십시오.]

[……!!]

[물론 여러분의 골렘은 경기 규칙대로 독일 측에 귀속됩니다. 그러나 국가 대항 결승전이 끝나는 그 순간, 골렘들은 다시 제 주인에게 돌아갈 것임을 약속드립니다.]

이는 예비 기체로 보유하겠다는 말!

[…참고로 방금 끝이 난 미국이 아르헨티나 유저들을 상대로 같은 제의를 했습니다. 저희 독일은 게르만 기사도에 입각해 무기는 제외하고 기체만 넘겨받겠습니다.]

헬뮤트의 제안은 승자다운 오만함이 자연스레 배어 있었다.

[이 약속을 철저히 이행할 것임을 전 세계인들이 지켜보

는 가운데 약속합니다. 간곡히 부탁드립니다. 여러분은 그
동안 최선을 다하셨습니다. 그럼 10분간의 시간을 드리겠습
니다.]

[……]

그렇게 거대한 영상이 사라졌다.

한국 유저들은 더 이상 기분 나쁘지도, 부끄럽지도 않았다.

단지 맥이 풀렸다.

그리고 더욱 큰 혼란에 빠져들었다.

항전을 결행하든 저들이 권하는 명예로운 항복을 택하든
결정할 주체가 어디에도 없었기에…….

지오는 헛웃음이 피식 나왔다.

'약을 올려놓고 배려라… 심리전의 대가로군. 한데 협잡꾼
들이 독일에겐 두루뭉술 알려주었어. 그리고 10분이라… 지
휘부가 사라진 상태에서 내부 의견 충돌이 일어나기 충분한
시간.'

의견이 일치되기 전에 같은 편끼리 알력이 먼저 발생할 것
이다. 그 점을 노리고 있음이다. 하나,

'헬뮤트, 한국말보다 한국인을 더 잘 아는군. 하지만 한국
인의 단점은 장점이 될 수 있다는 건 모르시는군.'

지오는 군단장을 통해 전체 우호 통신 발언권을 얻었다.

시간을 끌어 중구난방식의 혼란이 커지기 전에 시선을 모

으기 위해서다.

"전우 여러분, 참전 군번 M17입니다. 여러분에게 매서커라는 닉네임으로 알려진 유저입니다."

[……]

중구난방으로 분통을 터뜨리며 달아오르던 통신관이 일시에 고요해졌다.

그다!

그라면 어떤 이 사태에 어떤 생각을 가지고 있을까?

"긴말 드리지 않겠습니다. 각자의 판단에 따라 선택하는 겁니다. 우리는 이미 큰 배신을 당했기에 여기서 어떤 결정을 하더라도 누가 배신자고 비겁자라고 말할 순 없습니다."

각자 알아서 판단하라는 말을 하고자 함인가.

그것은 누구나 할 수 있는 무책임한 말.

좋다, 그럼 그는 어느쪽인가?

"…하나 저는 선택하겠습니다. 싸우는 쪽으로—!"

[……!]

싸우자고?

왜 싸워야 하는가?

그 나름의 복안이 있단 말인가?

한데 매서커는 자신의 결정에 대한 설넝이 없다. 단지,

구우우우— 쿠궁—!

한 기의 골렘이 대열을 이탈했을 뿐이다.

바로 매서커의 작은 학살자!

작은 학살자가 도열한 대열을 이탈하자마자 순식간에 앞으로 치고 나갔다.

쿠쿠쿠쿵―!

매서커의 돌출을 제어할 주체는 그 어디에도 없기에 다들 숨 죽이고 바라보아야만 했다.

지오는 내달렸다.

'가지고 놀지 마라. 적이 바라는 대로 상처를 키우게 놔둘 순 없다. 투지를 떨어뜨렸으면 마찬가지로 너희들의 사기도 떨어져야 한다. 으햐압!!'

붉은 먼지가 작은 학살자의 뒤를 길게 따라붙었다.

그리고 모든 영상 매체가 한 기의 골렘이 일으키는 움직임을 담기 시작했다.

헬뮤트는 심리전의 대가다. 자칭, 타칭 그렇게 불린다.

미국전에서는 2차대전 당시 독일 나치식 경례를 선보여 미국 유저들을 들끓게 만들었다.

그렇게 흥분한 미국 덕에 독일은 선전할 수 있었다.

헬뮤트는 지금도 당당히 말할 수 있다.

'전쟁은 심리전이다'라고.

헬뮤트는 지휘부의 신임을 바탕으로 10분여라는 시간을 선심 쓰듯이 던져 주었다.

이 10분은 한국인에게 충분한 독약이 될 것이라 굳게 믿고 있다.

지휘부를 꾸릴 틈도 없이 서로 설왕설래하며 갈가리 찢겨져 항복하거나 무기력하게 사냥당할 것이 뻔했다.

자신이 아는 한국인은 그렇다.

그래서 이 10분은 중요하다.

동시에 한국 유저들에게 자신들이 궁지에 몰렸다는 인식을 심어주지 않았다.

자신들의 당면 문제는 바로 그 자신들이 자초한 문제라는 식으로.

여하튼 한국은 상처 입은 호랑이!

배신당했다는 분노의 에너지를 독일을 향해 발산하게 만들어선 안 되는 것이다.

미국전을 거친 독일의 피로도는 보기보다 만만치 않다.

안전하게 킬 포인트를 수확하려면 국민 전체를 모욕하는 것쯤이야 당연한 것 아닌가. 사실 또한 그렇고.

그렇게 파국을 고대하며 느긋해지려는데,

"웅? 뭐지? 한 기, 솔져 급!"

헬뮤트는 대열을 이탈해 뛰쳐나오는 한 기의 골렘을 바라보며 고개를 갸웃했다. 독일 유저들도 마찬가지.

달랑 한 기로 어쩌겠다고?

그러나 한 기의 골렘이 보여주는 움직임은 경탄할 만한 것이었다. 헬뮤트도 마찬가지.

"저 빠르기에 균형이 흐트러지지 않다니… 대단한 집중력!"

쿠웅—!!

그렇게 지오의 작은 학살자가 순식간에 독일 진영 앞에 당도했다. 쌍방 간의 거리는 30미터.

'고작 한 기에 시선을 빼앗길 수야……'

헬뮤트의 거대한 홀로그램 영상이 다시 일어났다.

부드러운 미소를 흘리며 더없이 친절하게 응대했다.

"무엇을 원하십니까?"

멈추어 선 작은 학살자는 독일 진영을 향해 검끝을 겨누며 도전적인 자세를 취했다.

처억—!

공개 통신을 통해 일말의 망설임이나 감정의 흔들림도 느껴지지 않는 말이 흘러나왔다.

이는 문자로 전환되어 독일 측에 고스란히 전달되었다.

[기량을 견주지도 않은 상태에서 명예로운 항복?! 이는 굴복이 아니고 무엇이랴. 그런 걸 명예라 하다니, 게르만 기사도는 참으로 자신에게 관대하구나.]

"……."

헬뮤트는 자신이 상대방에게 무시당했다는 생각보다 자신이 추진한 심리전이 발각되었음에 얼굴이 시뻘게졌다.

그리고 곧 급소에 찔린 듯 창백해졌다.

무어라 대답할 수가 없었다.

"……."

'빌어먹을, 시선이 쏠렸어! 우리편 시선까지. 10분 작전은 물 건너갔군.'

헬뮤트가 멍해 있는 가운데 퉁명한 말이 이어졌다.

『게르만의 기사도 정신?! 그런 게 있기라도 했나? 과연 기사 도가 있다면 나를 통해 그 기량과 정신을 증명하라―!』

[…….]

헬뮤트를 포함해 전 독일 측 유저들의 등 한가운데로 차가 운 기운이 스치고 지나갔다.

그 자신에겐 그럴 자격이 있단 말인데… 참으로 광오하지 않 은가. 하지만 이 한 기의 골렘이 발하는 존재감은 적지 않았다.

[…나?]

헬뮤트도 궁금했다.

'바로 코앞에 1,000여 기의 골렘이 도열해 있다. 내가 일제 전진 명령만 내리면 잔해도 찾지 못하고 묻혀 버릴 것이다. 그런 상황임에도 당당할 수 있다니… 누구냐, 넌?'

생각이 전해졌는가.

상대편의 입에서 고개가 끄덕여지는 답이 튀어나왔다.

[내가 매서커다!]

Act 02
헌팅 타이거, 헌팅!

機甲戰記
Massacre
기갑전기 매서커

그였다!

그를 모르는 독일 유저가 있을 리 없다.

매서커가 미국의 아머드 스와트들을 압도한 그림이 뇌리 깊이 각인되어 있다 해도 과언이 아니다.

제일 요주의 인물.

피식, 헬뮤트는 잠시전의 불쾌감은 털어내며 가소로운 웃음을 지었다.

'오호라, 네가 매서커구나. …매서커, 미국전을 통해 이미 너의 개인기에 대한 대책이 마련되었다. 우리는 너를 파악했는데 너는 우리를 파악 못했을 터이니… 네 오만함은 여기서

끝이다.'

헬뮤트는 단순한 손짓으로 매서커의 작은 학살자를 가리켰고, 홀로그램상의 거대한 손끝이 작은 학살자의 가슴에 닿았다. 그러자,

쿠우우우—웅!

깊고 우렁찬 마나 엔진음이 울리더니 독일 측 대형에서 한 기의 골렘이 대열을 이탈해 튀어나왔다.

단 한 기!

하지만 이 골렘은 거대했고 존재감이 너무도 뚜렷하게 드러냈다.

바로 최신형 '헌팅 타이거' 였다.

거체 골렘의 움직임 하나하나에 박력이 넘쳤다.

이 골렘에 누가 탑승했는지 한눈에 알아보았음인가. 독일 측 통신관에 환호성과 탄성이 일시에 터졌다.

[와—! 쌍도끼 문장이다.]

[자크다! 자크님— 살살 다루세요.]

[자크님만 믿습니다. 뭉게 버리세요.]

[와우— 어깨에 걸친 도끼 장난 아니네요.]

거대한 골렘 어깨 외장갑엔 하늘을 향해 뻗은 덩굴을 도끼로 내려찍는 소년이 그려져 있다.

이 독일 측 골렘 오너의 이름은 발자크, 독일 E&T에서 '처형인 자크' 로 널리 알려져 있다.

헤드 헌터 자크!

헤드 헌터… 단순히 그가 거대한 두 개의 도끼를 자유자재로 다루어서 붙여진 닉네임이 아니다. 그의 닉네임은 '콩나무 잭'에서 미국전을 거치면서 '헤드 헌터 자크'로 바뀌었다.

독일 E&T는 이번 국가 대항전을 준비하며 1년간 엄청난 지원과 투자를 했다. 무려 1년이다.

그 과정을 전부 거친 엘리트 골렘 오너 셋을 동시에 상대하여 '하이 엘리트'라는 칭호를 처음으로 획득한 장본인이 발자크다. 이를 증명이라도 하듯 발자크는 미국을 상대로 단독으로 12대를 대파시켰다. 그것도 하위 기종인 팬저로 대열이 무너질 만하면 등장해 위기를 수습하며 이룬 킬 포인트였다.

위기의 장소에서는 그가 꼭 나타나 반전을 일궈냈다.

당시 그에게 도전한 미국 측 골렘 중 머리가 잘려 달아난 골렘이 부지기수로, 이는 매서커가 미국을 상대로 보여준 기량에 비견할 만했다.

여하튼 독일 유저들은 미국전 이후 발자크를 '헤드 헌터 자크'로 부르기 시작했다.

'그대, 살아 있지만 머리는 어디에 두었나'라는 말이 만들어져 자크의 명성을 한창 키우고 있는 중이다.

그렇게 한국에 매서커가 있다면 독일엔 헤드 헌터가 있다 해도 과언이 아닌 것이다.

지오는 입꼬리가 살짝 올라갔다.

"후후, 이거 영광이군. 별 기대 안 했는데 처음부터 먹음직한 녀석을 내보내다니… 큰 아기한테 상처를 내면 안 되겠지."

지오는 맞서 나오는 거체의 골렘을 확인하고는 겨눈 검을 맨땅에 수직으로 박아 넣었다.

츠쿵, 퓨슉—!

그리곤 상대를 향해 빈손 상태로 마주 나아갔다.

"독일 골렘들은 장갑체 결이 튼튼하기로 유명하지… 어디 확인해 보실까?!"

쿠쿠쿵.

[……!]

맞수의 등장에 은근히 가슴이 두근거린 발자크로선 지오의 이런 대응에 어이가 없었다.

"맨손?! 놈! 헌팅 타이거의 운전 중량이 64톤이니까 동작이 굼뜰 것이라 생각하는군. 좋아, 머리를 두 쪽으로 갈라주지! 후후, 이래서 알려지지 않은 신형이 좋은 거야."

상대에 비해 중량 차가 두 배 이상임은 맞다. 그렇다고 선회 속도라든지 주행 속도라든지 이런 기동성이 처지는 게 아니다.

그럴 거면 독일 E&T에서 헌팅 타이거를 만들지도 않았다.

단지 기동 시간이 골렘 오너의 역량이 받쳐 줌에도 세 시간밖에 유지 못한다는 것. 그 시간이면 사냥감인 아무리 날뛰어도 충분히 잡을 수 있다. 그래서 헌팅 타이거다.

그렇다.

성능은 단연코 E&T 통틀어 최고!

헌팅 타이거의 이러한 우수성을 상대방은 알지 못한다.

그러면 골렘을 운영하는 자신의 기량은?

자신은 2미터에 달하는 장신에 철인삼종경기 유럽 챔피언 출신이다. 철인삼종경기를 위해 체득한 게 슈팅 아머를 통한 지구력 강화 훈련이었다. 그렇게 슈팅 아머의 매력에 빠졌다. 그리고 가상 게임에서 똑같은 손맛과 근육에 가해지는 가혹한 압력을 다시 맛볼 수 있었다.

하루 평균 세 시간씩 골렘에 탑승해 전력 질주로 기동했다.

그 정도 되어야 자신은 땀 좀 흘린 정도.

게다 이미 헌팅 타이거의 개발 단계부터 테스트 골렘 오너로서 참여했기에 미국전에 탑승한 팬저보다 현재 타고 있는 헌팅 타이거가 손에 더 익숙하다.

그만큼 발자크는 골렘이나 기량에서나 한국의 자랑 매서커에 절대 지지 않는다는 자신감으로 넘쳤다.

이미 미국전에서 자신의 실력이 글로벌 급임을 확인했다.

발자크는 비웃음의 전체 우호 통신을 날렸다.

[주먹 치기를 바란 거라면 이는 너의 착각! 처형인의 도끼로 네놈의 착각을 산산이 갈라주마.]

"중량만큼이나 입이 가볍군, 어서 오기나 하시오."

[크큭, 옐로우 멍키—]

"어이쿠, 발밑에 바나나 조심하구려. 그 덩치로 넘어지면 쉬이 일어나지 못할 텐데."

[이익!!]

발자크는 어깨에 걸친 거대한 도끼를 굳세게 움켜쥐었다.

'죽었어—! 머리가 쪼게지든 허리가 두 동강 나든지 둘 중 하나!'

쿵쿵, 쿠구적—

양측의 거리는 급속도로 좁혀졌다.

발자크의 골렘은 큰 기체다운 중량감이, 지오의 골렘에선 믿기 어려운 박력이 분출되었다.

지오의 관심은 오직 헌팅 타이거의 위압적인 외장갑에 있었다.

"장갑이 아니라 흉기가 따로 없군."

'역시 공을 들인 골렘답게 통짜 장갑, 좋았어!'

거리는 5미터!

드디어 지오는 발자크의 사정거리에 들었다.

발자크는 이미 냉정을 되찾은 상태.

'놈, 너의 오만함을 원망해라!'

[으합!]

발자크의 어깨에 걸쳐진 거대한 도끼가 하나는 수직으로

하나는 수평으로 뻗어나갔다.

자신의 특기인 교차 베기!

츠팟— 후우우웅—!

순간 발자크는 자신의 눈앞에서 상대가 불쑥 파고들어 오는 게 정지된 그림처럼 잡혔다.

빠르다!

하지만 빈손으로 어쩔 것인가?

[그따위 잔기술! 팔뚝에 붙은 장갑은 장식이 아니다—!]

그랬다, 헌팅 타이거에 부착된 장갑은 흉기 아닌 게 없다.

발자크는 도끼의 궤적을 그대로 유지하며 두터운 팔둑째로 파고든 작은 학살자를 목표로 찍어 눌렀다.

[찌그러져라!!]

지오는 이에 기다렸다는 듯이 비스듬이 자세를 틀었다.

수평으로 치고 들어오는 발자크의 팔둑을 다리를 내밀어 먼저 막았다.

트팅! 카가각—

휘청할 정도의 충격이 작은 학살자를 뒤흔들었다.

지오의 입에서 고통을 삼키는 신음이 튀어나왔다.

"크흡!"

'…중량이 제대로 실리지도 않았는데 이 정도라니. 장난이 아니군.'

실제 대단했다.

막으며 맞부딪친 다리 장갑이 떨어져 저멀리 튕겨 날아갔다.

이어 수직으로 찍어 누르는 발자크의 오른쪽 팔뚝이 있었다.

팔뚝 장갑에 부착된 돌기가 번뜩였다.

이 팔뚝에 정통으로 찍히며 햄머에 가격당한 것과 마찬가지의 타격 에너지가 전해져 오리라.

하지만 지오의 목표는 바로이 내려쳐 오는 오른쪽 팔뚝!

헌팅 타이거의 팔뚝은 기형적인 장갑으로 둘러싸인 굵기에 타이밍을 맞추어도 맞잡을 수 없다. 작은 학살자의 자세는 두 팔을 교차해 막을 자세도 아니다. 옆면으로 선 게 지극히 불안정하다. 그렇다면?

크캉, 츠터엉!

"흐읍!!"

지오는 장갑의 돌출 부위를 내리누르는 자세 그대로 받아들였다. 자세를 낮춤과 동시에 파고들어 어깨에 걸치며 받아걸었다. 그렇게 감각적으로 돌기에 손을 걸자마자 바짝 잡아당겼다.

마치 고양이과 동물이 먹잇감을 움켜쥐는 것과 같은 모양.

끄그그그긍─!

헌팅 타이거의 장갑이 찢어져라 비명을 토했다.

"통짜 장갑, 가히 튼튼하구나!"

지오는 이 돌출 부위를 순간적인 힘으로 잡아당기며 옆으로 들이밀은 허리를 헌팅 타이거 복부 아래에 밀착해 걸쳤다.

처거덩—

무언가 맞물린 듯한 마찰음이 흘러나왔다.

순간 작은 학살자의 몸체가 확 엎어졌다. 마치 스스로 고꾸라지려는 것같이.

"차압—!!"

순간 지오의 동화율이 99%로 급증했고, 99%에 달하는 동화율은 지오와 작은 학살자를 완벽하게 하나로 일체화시켰다. 마나 엔진이 오버 플로 상태에 들며 비명을 내질렀다.

후어어어—엉!!

즈즈즈층, 쇠가 뜯겨 나가는 기음이 뒤를 따랐고, 화면 한가득 헌팅 타이거의 넙대한 두 발바닥이 나타났다 포물을 그리며 사라졌다.

쾌광—!!

거대한 진동이 있었다.

푸스스스숫.

붉은 먼지가 뿌옇게 피어 올랐다.

순간적으로 모든 시간이 정지한 것 같은 착시 현상이 한국 유저나 독일 유저들 사이에 생겨났다. 아니 이를 보고 있는 세계의 모든 유저들도 마찬가지 현상을 경험했다.

그림의 정지는 오래도록 지속되었다.

*   *   *

구트트등—

헌팅 타이거의 팔다리가 거칠게 버덩거렸다.

그 충격을 벌써 상쇄하고 일어나려는 게 아니다.

파괴처를 찾지 못한 마력이 제대로 분출되지 못해 거칠게 요동치는 것이다.

"멍할 것이다."

지오는 붉은 먼지 속으로 작은 학살자를 날렸다.

큰대자로 뻗은 발자크의 골렘 가슴 부위에 올라탔다.

처청—!

목 아래 두툼한 장갑으로 이중, 삼중으로 보호되고 있는 골렘 오너의 탑승 부위 바로 위.

"완전 비곗덩어리군."

말은 그랬지만 헌팅 타이거의 가슴 부위는 예술이었다, 볼륨 넘치는 곡면 처리는 그 자체로 예술품이었다.

그드드드등.

헌팅 타이거의 손이 땅을 움켜쥐며 퍼덕거림을 진정시키

는 게 잡혔다.

"이크, 정신이 돌아오고 있구나."

지오는 작은 학살자의 어깨를 크게 열어젖힌 후 드러누운 헌팅 타이거의 턱 아래에서 가슴 아래로 향해 있는 힘껏 주먹을 내질렀다.

'이걸 위해 개조 포인트를 쏟아 부었다!'

쿠오옷— 츄쾅—!

주먹과 장갑이 맞부딪치자마자 작은 학살자의 팔뚝 장갑에서 길다란 송곳이 튀어나왔다.

주먹에 작열한 충격 에너지가 이 길다란 송곳 끝에 고스란히 옮겨졌다.

파슈슛—!!

헌팅 타이거 운전실을 덮은 상부 장갑을 단번에 관통했다.

퓨욱!

[커흑……]

단 한 방이었다.

막 정신을 차리려는 발자크의 정수리에 굵직한 쇠침이 파고든 것이다.

어지러움이 달아날 만큼의 화끈함이 발자크의 척추를 관통했다. 이것이 발자크가 느낀 가상에서의 마지막 느낌이었다.

발자크 데드!

상대 골렘 오너가 데드 상태에 들었습니다.

작은 학살자가 워 포인트 1을 획득했습니다. 누적 포인트만큼 골렘 성능 개조에 쓸 수 있습니다.

매서커 지오가 킬 포인트 1을 획득했습니다.

이어 지오는 빠르게 발자크의 골렘을 흡수하기 시작했다. 1,000여 기가 지켜보는 바로 코앞에서… 여보란 듯이.

제압된 골렘의 귀속 작업이 진행 중입니다. 미등록 기체라 귀속 작업에 시간이 걸립니다.

귀속율이 8%에 달합니다.

귀속율이 22%에 달합니다.

"허허, 덩칫값을 이런 식으로 하면 어떡하는가?!"

그렇게 헌팅 타이거의 거대한 실루엣이 작은 학살자의 손바닥 속으로 소용돌이치듯 빨려 들어가기 시작했다. 이에,

[…이건 말이 되지 않아. 이럴 순 없다…….]

헬뮤트는 믿기지 않았다.

서로 짜고 만 번을 연습해도 나올 수 없는 그림이다.

그렇다.

28톤의 솔져 급 골렘이 64톤에 달하는 킹 급 골렘을 업어매치기로 집어 던지다니… 그런 기술이 골렘 간에도 통용된다는 것 자체가 가당키나 한 일인가.

문제의 작은 학살자가 발자크의 헌팅 타이거를 맛나게 흡수할 때까지 멍하니 보고 있을 수밖에 없었다.

상대가 뭐라는지 들리지 않았다.

'이자가… 매서커!'

아연해 있는데 동료의 긴급 전문이 쇄도했다.

[헬뮤트님, 지시를! 헌팅 타이거를 노획당하게 놔두실 겁니까?!]

[……!]

헬뮤트는 순간 정신이 번뜩 들었다.

헌팅 타이거의 기동 시간은 아직 공개되어선 안 되는 극비.

[회수조 출격!]

키 높이 방패를 앞장 세운 나이트 급 골렘들이 작은 학살자를 목표로 뛰쳐나왔다.

쿠쿠쿠쿵—!!

이들은 독일 E&T의 걸작, 팬저가 주축인 발지전대에서 가려 뽑은 특공조, 뛰쳐나온 대수는 전부 12대였다.

목표는 헌팅 타이거의 회수!

지오는 12기의 팬저를 바라보며 노획 작업을 계속하고 있었다.

너무도 느긋했다.

'청회색 도색을 보니… 발지전대의 도련님들. 후후.'

무엇을 믿고 있음인가.

이 때문에 지오의 귓가로 M군단의 전우들이 보내는 독촉이 쇄도했다.

[매서커님, 노획 작업을 포기하고 물러나세요!]

[빨리 돌아와욧!! 이 욕심쟁이야ー!]

보는 이들 모두 매서커의 행동을 이해할 수 없었다.

붉은 먼지에 봉사가 되기라도 했단 말인지.

다들 속으로 비명만 질러대며 발을 동동거릴 뿐이었다.

[앗, 이 일을… 거리가 너무 가까워.]

[아ー 늦었어.]

헌팅 타이거의 귀속 작업이 절대 느린 건 아니었다. 단지 대치한 적과의 거리가 너무 가까웠다.

매서커는 완벽하게 포위되어 마치 곤충 채집통에 든 딱정벌레와 같은 형국이었다.

12기의 팬저들은 방패를 전면에 앞세우고 작은 학살자를 완벽하게 포위했다. 방패를 앞세운 육각형의 포위가 이중으로 완성되어 절대 그 틈을 보이지 않았다.

그럼에도 지오는 느긋했다.

'저 무거운 방패를 들고도 움직임이 좋군. 팬저는 명품이 맞아!'

포위망이 갖추어짐과 동시에 귀속 작업도 끝이 났다.

> 귀속율 1ㅁㅁ%!
>
> 귀속 작업을 완료했습니다.

> **첫 노획자!**
>
> 이것은 전혀 새로운 골렘!
>
> 당신은 전혀 알려지지 않은 골렘의 첫 노획자입니다.
>
> 노획 골렘의 스펙 분석에 들어갑니다. 파악된 자료는 트윈 타워로 전송될 것입니다.
>
> 보상:기동 시간이 ㅋ퍼센트 증가합니다.
>
> 운전 중량이 ㅋ톤 늘어났습니다.

"오호, 기다린 보람이 있어."

단지 이것을 기다리고 위험을 자초했단 말인데… 무엇을 믿고 있음인지 여전히 긴장감이 없는 지오였다.

사방에 보이는 것이라곤 청회색의 방패뿐!

'그래, 그 방패로 기름 짜듯이 압착하시겠다?!'

이렇게 포위망의 완성되자 헬뮤트는 안도의 한숨을 내쉬었다.

[놈, 이제 후회해도 소용없다. 네놈을 잡자마자 본보기로 갈가리 분해해 버리겠다. 감히 노랑 원숭이 주제에.]

헬뮤트는 엄지를 천천히 치켜들었다. 그리고 여보란 듯이 엄지를 땅으로 향하게 꺾었다.

척!

신호가 떨어지기를 기다렸다는 듯이 작은 학살자를 애워 싼 방패가 밀고 들어왔다.

쿠쿵, 챠챠챠챵—!!

일제히 육면에서 밀어붙였고 그 빈틈으로 나머지 여섯 기의 팬저가 쇄도하며 빈틈을 매웠다.

이중 육각형의 완벽한 밀착!

일진은 압착조, 이진는 타격조다.

그럼에도 작은 학살자는 여전히 손을 땅을 향해 풀고 있다.

지오의 눈에 거대한 방패가 큼지막하게 눈에 들어왔다.

'기다렸다, 와랏—!'

"귀속 환원—!"

지오는 자신의 마력을 양손 가득 모두 쏟아 부었다.

슈와아아앙— 꽈자자작!!

거친 금속음이 대기를 갈가리 찢어발겼다.

[······!]

일진 팬저들은 쾌재를 불렀다.

이 느낌, 이 중량. 느낌이 맞다!

묵직한 것이 골렘의 바로 그것이다.

[압착!!]

[하압—!]

일진은 조장의 구령에 맞추어 양팔 가득 있는 힘껏 방패를 밀었다. 상대가 꼼짝달싹못하게 만들기 위해.

구웅우우웅—

팬저들은 최대 출력을 일으켰다.

꾸저저저적—

방패가 우그러질 정도로 상대를 옭아맸다.

이 정도면 아교 수렁에 잠긴 것과 같다.

그렇게 일진을 이룬 팬저들의 방패에 금속 특유의 묵직한 중량감이 고스란히 전해져 왔다.

[잡았어! 놈을 잡았다고!! 이진, 쑤셔 넣어버려!!]

일진 압착조 조장의 외침에 이진을 이룬 여섯 기의 팬저는 자동적으로 반응했다. 금속 압착음은 그들도 성공했음을 알 정도다.

이진 팬저들은 자신들이 맡은 임무대로 중섬을 방패 틈새로 쑤셔 넣었다. 있는 힘껏!

쾅각, 카카칵—!!

이 느낌, 이 진동.

검끝에 걸리는 것은 분명 금속 장갑이 파열하며 일으키는 그것이었다.

이진 조장이 외쳤다.

[성공! 진압 성공!!]

[오옷—!!]

중량감, 묵직한 금속 충돌음, 검끝에 전해지는 묵직한 진동… 모든 것이 골렘의 그것이다.

여섯 기의 팬저는 방패로 조였고, 그 뒤를 다시 여섯 기의 팬저가 중검을 내질러 끝을 보았다 생각했다.

[……?!]

그런데 알 수 없는 불길함이 그들을 휘감고 지나갔다.

그 불길함의 정체는 자신들의 파노라마 사이트 깊이 드리운 그늘이었다.

웅? 그늘?

목표인 작은 학살자에 비해 팬저 자체의 몸집이 더 크다.

그런데 그늘이라니?!

팬저들은 자신들에게 드리우는 거체의 그늘에 절로 고개를 들어야 했다.

크다, 아니, 고개를 벌떡 들어야 할 정도.

그리고… 그곳엔 너무도 익숙한 두부가 있었다.

그것은?

믿을 수 없다. 그것은 자신들이 회수해야 할 헌팅 타이거의 두부가 아닌가!

[앗─!!]

[허억─!!]

이게 다가 아니다.

헌팅 터이거의 어깨 위에 또 하나의 골렘이 당당하게 서 있는 게 아닌가.

[……!!]

그렇다, 그건 바로 작은 학살자였다.

발자크의 애병기인 거대한 도끼를 어깨가 내려앉을 것같이 걸치고 내려다보며 서 있는 것이다. 골렘에 무슨 표정이 있을까마는 웃고 있는 게 아닌가 싶은 착각이 팬저들의 머리를 섬뜩하게 스치고 지나갔다.

[……!!]

그렇게 적이 자신의 존재를 확인하는 순간, 지오는 순간적으로 동화율을 터뜨렸다. 마나 엔진이 또다시 폭주했다.

"하압─!!"

'선풍회전─!'

트텅!

작은 학살자가 도약했다.

이내 도약 자세 그대로 허리축을 중심으로 급회전했다. 어깨에서 무게를 이기지 못하고 축 떨어진 도끼도 작은 학살자를 중심으로 피핑 돌았다.

인간의 신체 구조론 절대 흉내 낼 수 없는 골반 180도 틀기가 바로 이 선풍 회전의 핵심.

작은 학살자의 관절이 견뎌낼지는 둘째 문제다.

이에 팬저들은 순간적으로 바람개비가 돌아가는 착각에 빠져 들었다. 그리고 그것은 도끼날의 섬뜩한 회전이었고, 그들이 본 마지막 은빛 바람개비였다.

츠파―핫!!

피핑― 카라락― 카칵!!

[후읍!]

[크헉!!]

단말마의 경호성이 일제히 울렸다.

팬저 조종석의 상부를 도끼의 날카로운 날이 깊이 베고 지나간 것이다.

그리고… 팬저의 오너들 머리 역시.

처청―

작은 학살자는 헌팅 타이거의 평편한 어깨 위에 처음처럼 자세를 잡고 섰다.

"이 정도는 되어야 헤드 헌터 아닌가?!"

작은 학살자는 보란 듯이 헌팅 타이거의 어깨에서 눕듯이 떨어지는 재주를 보이며 땅에 착지했다.

처척, 쿵―!

붉은 먼지가 작은 학살자의 발밑에서 살짝 일어났다 가라앉았다. 뒤이어 승리의 찬가가 주르륵 올라왔다.

> 적 골렘 오너가 데드 상태에 들었습니다.

> 적 골렘 오너가 데드 상태에 들었습니다.

…(중략)…….

> 적 골렘 오너가 데드 상태에 들었습니다.

> 작은 학살자가 워 포인트 1을 획득했습니다. 누적 포인트만큼 골렘 성능 개조에 쓸 수 있습니다.

> 작은 학살자가 워 포인트 1을 획득했습니다. 누적 포인트만큼 골렘 성능 개조에 쓸 수 있습니다.

…(중략)…….

> 작은 학살자가 워 포인트 1을 획득했습니다. 누적 포인트만큼 골렘 성능 개조에 쓸 수 있습니다.

매서커 지오가 킬 포인트 1을 획득했습니다.

매서커 지오가 킬 포인트 1을 획득했습니다.

…(중략)…….

매서커 지오가 킬 포인트 1을 획득했습니다.

이게 끝이 아니었다. 고렙 아닌 골렘 오너가 없었으니.

레벨업을 했습니다!

E&T가 가만있을 리 없다. 자신의 세계관에서 튀는 존재를 언제 어느 때나 환영할 준비가 되어 있는 곳이기에.

진정한 학살자!
열두 명의 골렘 오너를 일시에 제압하다니…….
믿을 수가 없습니다.
그렇습니다.
매서커다운 업적에 어떤 보상을 주어야 할지 엄두가 나지 않습니다.
매서커의 업적에 상응하는 보상을 준비하겠습니다. 곧!
…당신은 사람이 아냐…….

'게임에선 나도 나 자신이 사람이 아니라고 생각해. 후후.'

대파된 독일 골렘들이 매서커의 손으로 차례차례 빨려들기 시작했다.

양손을 펼쳐 두 대씩!

우뚝 선 것이 당당했다. 그리고 크다!

한국의 300여 골렘 오너들의 눈이 불같이 이글거렸다.

깨달은 것이다.

반칙자들을 응징할 방법은 단 하나!

독일 골렘들을 맛있게 사냥해 반칙자들에게 여보란 듯이 한국을 16강에 올리는 것이다.

휘이이이잉—

붉은 흙먼지가 세차게 휘몰아쳤다.

機甲戰記
Massacre
기갑전기 매서커

끓어오르는 지열에 거리는 한산했다.

서늘한 냉풍기, 각얼음을 가득 채운 주스, 과일 가득 팥빙
수, 수박 화채, 수영장의 락스향, 바다… 야한 수영복을 살짝
걸친 빅 바디의 누님들!

나는 그런 것들과는 전혀 인연이 없었다.

유저라면 바라 마지않는다는 영주이기 때문이다.

솔직히 난 기대가 컸다. 영주가 되면 현금 다발로 뺨을 맞
을 줄 알았다. 그런데 웬걸?

영주가 된 지 4일이 지났다. 많은 유저들이 바미안 영지로
몰려왔지만 영주성 내에 위치한 상가 분양을 의뢰해 온 유저

는 없었다. 단 한 명도!

영지의 미래가 불안해 보여서다.

나라도 그럴 테지만.

'…무지 섭하오ㅡ!'

대신 영주관 베란다 아래에 꽃다발만 가득 놓아두고 가더니만 악단까지 등장해 밤새도록 미요를 칭송하는 노래를 부르며 소란을 떨어댔다.

디리링ㅡ 딩ㅡ 딩ㅡ

"여인 중엔 레이디가 으뜸이고, 꽃 중에 꽃은 봉숭아꽃이라지요. 바미안의 레이디에게 봉숭아꽃을 선사하라~"

봉숭아꽃 진 지가 언젠데?!

이들?

미요의 팬클럽 회원들이 아니다.

레이디를 칭송해서 자신들의 스킬을 성장시키겠다는 바드 캐릭 유저들이다.

미요가 베란다에 나타나 손수건이라도 떨어뜨리는 날에는 영주관 아래는 그 손수건을 획득하기 위해 바드들 간에 아수라 난장이 펼쳐진다. 그 손수건이 바드들에게 퀘스트를 부여하는 일종의 증표라나? 빌어먹을 E&T 직업 시스템 같으니.

"포악한 영주에 붙들린 여리디여린 레이디여, 오~ 기사 중에 기사, 그 어디 있어 그대를 구할런지…….."

포악한 영주?! 여리디여린 레이디?! 누가 누굴 구해ㅡ?!

이봐, 지금 뭐 하자는 장면?! 밤새도록 해도 해도 너무하잖아!

…아니, 계속하세요.

그리고 질 수 없다.

나는 억울함을 누르고 요란 찬란한 바드 무리에게 외쳤다.

"낭.만. 바드님들을 위해 형제 상점에 싱싱한 꽃들을 준비해 놓고 있습니다. 안개꽃도 싱싱하고 자기 화병도 팔아요, 화환은 주문 접수받고요. 레이디의 퀘스트를 부여받으려면 선물은 필수겠죠?"

"……."

반응이 없군. 그럼.

"바미안의 레이디는 백합을 무척 좋아한답니다. 한 송이에 1실버예요. 베란다 높이까지 백합을 쌓으면 레이디 미요님이 당신에게 직접 퀘스트를 부여할지 모릅니다."

우르르르—

상점으로 바드들이 미어터지게 들어왔다.

카카, …할지 모른다인데.

백합꽃 다발이 마녀를 화장시키는 장작 더미처럼 베란다 높이까지 쌓여 올라갔다. 그럼에도 미요가 나타날 기미가 보이지 않자 바드들의 차가운 눈빛이 나에게 쏠렸다.

성질도 급하셔라.

"미요, 나타나 손수건을 던질 때야!"

"아웅~ 하루에 이 짓을 몇 번이나 해야 돼?"

"어허, 레이디 되기가 그리 쉬운가. 게다 이 영지에서 퀘스트를 부여할 수 있는 유일한 캐릭이잖은가."

다독다독.

"…그건 그렇지. 레이딘 넘 피곤해."

말 끝나기 무섭게 우아하게 차려입은 미요가 베란다에 등장했다.

"와—! 레이디 미요님이다."

바드들이 탄성을 지르며 영주관 아래로 몰려갔다.

'매번 차림이 다르군. 툴툴거리지만 은근히 즐기고 있어……'

은은한 마법 조명이 그녀의 등장에 맞추어 등 뒤에서 비추어졌고 하늘하늘한 옷이 어울려져 그녀를 푸르른 여린 잎을 연상케하기 충분했다. 청초함과 요염함의 오묘한 버무림!

'오—' 하는 탄성이 미요의 발치에서 일시에 터져 나왔다.

낮은 조명의 투과로 몸에 드러난 곡선이 예사롭지 않다.

'흐흠, 차림이 점점 아슬해져 가는군.'

왜 내눈엔 곡선만 선명하게 잡히는지… 아차, 이놈의 숫컷 본능.

바드들이 미요가 들어선 베란다 아래로 다시금 꽃다발을 앞 다투어 퍼부어댔고, 바드 스킬을 발동해 형형색색의 꽃잎들이 미요 주변을 휘감아 공중으로 날아오르게 하며 순정 만화의 한 장면을 그렇게 연출했다.

일명 꽃잎 포네이도, 꽃 속에 파묻어 죽일 기세!

바드들은 외쳤다.

"기브 미— 퀘스트—!!"

그렇다. 바미안 영지는 E&T 세계에서 유일하게 꽃 장사가 되는 영지인 것이다.

꽃 파는 총각, 수완 좋기도 하지.

통신을 통해 미요의 짜증 섞인 어투가 흘러들어 왔다.

"지오 오빠— 꽃을 파는 거야, 나를 파는 거야?"

"⋯⋯."

둘 다!

*　　　　*　　　　*

미요가 상인 길드와 장인 길드의 아는 인맥을 통해 길드 분점 유치를 떠보았다. 하지만 돌아온 대답은 1개월 후면 주인이 바뀔 영지엔 투자할 수 없다는 냉담한 답을 들어야 했다.

"흐흑, 그렇다고 그렇게 대놓고 말할 것까진 없잖아. 못된 놈들! 나 때문에 저희들이 얼마나 득을 보았으면서."

이봐요, 누님. 그건 나 때문에 득을 본 거죠.

여하튼 우아한 미요 누님께선 자존심이 상했는지 눈가가

붉었다.

으, 찡해온다.

과연 이 누님의 동화율이 얼마일까?

정말 표정 하나만큼은 동화율 200퍼센트짜리.

솔직히 지하 미로에의 일이 있은 후 미요를 어떻게 대해야 할지 몰라 거리를 두는 편이다.

내가 원체 숫기가 없어놔서리.

…사실이라고!

여하튼 달래다 보면 저 눈물신공에 말릴 것 같아 화제를 돌렸다.

"할 수 없지. 아직 한 달이나 남았으니까 골렘 부품이나 발굴해 그간 손해나 보상받아야지. 암!"

지극히 현실적인 답이다. 이에,

"키힝, 싫어, 싫다고! 미요는 한 달짜리 영주 부인이 되기 싫어. 남작 부인, 자작 부인, 백작 부인, 후작 부인, 공작 부인… 되고 싶단 말이야!"

"헉!"

'…영주인 내가 꿈도 꾸지 않는데. 어흑, 이 누나, 억지 들어간다.'

"그런 맥빠진 소리 듣기 싫어! 어떻게든 이 영지를 지키고 버텨야 돼!!"

"……."

'나도 그러고는 싶지. 벗뜨, 뭘로?'

다시 쟁쟁거리기 전에,

"한 달 안에 거대 길드를 상대할 세력을 모으긴 힘들어. 잘 알잖아?"

"우앙― 우짜든 지켜내란 말이야. 골렘으로 쓸어버려. 이 물러터진 말미잘아―!'"

"허―"

이 누님이 왜 이리 폭주하지? 꽃 향기에 취했나?

"영주 부인 자격으로 'E&T 귀부인 살롱'에 초대가 왔는데… 귀부인들이 가진 아이템들이 얼마나 귀한 게 많은데. 다 내 거란 말야. 한 달론 부족하다고."

"…끙."

그렇군.

미요는 로그 계열 히든 클래스 유저답게 희귀 아이템을 훔치거나 열어보는 데 성공하면 보너스 스텟 포인트를 부여받게 되어 있다 했다.

당연히 귀부인 길드면 그녀가 마음 놓고 활동할 놀이터인 셈, 그런 거였다. 어휴, 저 도둑 근성은……

"어떻게든 이 미요님을 남작 부인으로 만들라고. 머리를 짜란 말이야. 골렘 오너에 파편 무구가 둘에 머리가 일곱 개면서 본전 생각만 하다니… 홍, 실망이야."

"……."

'나도 댁의 억지에 실망했수다.'

그녀 이상으로 영주의 지위를 오래 누리고 싶은 것은 나도 마찬가지. 영주로 엉덩이 비비적 붙이고 있으면 그게 바로 돈 아닌가. 돈! 머니!!

"내가 이런 인간이 어디가 좋다고……."

으잉? 신상 발언으로 넘어가려 하시네. 어허 거기까지, 스탑!!

냉담하게 나무란다는 게 그만 버럭,

"말이면 다야―?!"

아차차, 소리가 컸다.

"…눈까지 부라려?! 흐응~ 흑."

"어어……."

"내가 지하 미로까지 어떻게 찾아갔는데… 페널티로 레벨 다운되며 침투한 건데… 로그로서 마지막 귀속 아이템도 양보했는데… 그렇게 갖은 고생을 했건만… 게다가 매시간 바드들 앞에 나서야 되고… 서러워, 우앙―!"

"……!!"

오옷, …울렸다.

레벨다운 페널티를 감수하며 침투한 것이었다니…….

그리고 잔상 효과를 남겨 시간을 벌어준 그 귀속 아이템!

그 고생을 모른다 쳐도 그녀가 건네준 아이템이 이 자리에 있을 수 있게끔 결정적인 역할을 한 건 사실.

"…이봐."

그녀의 들썩이는 어깨를 잡고 허둥지둥.

그녀의 어깨에서 잔떨림이 손끝을 타고 강력한 전기에너지로 화해 뇌세포 하나하나 지져 댔다.

찌르르르—

"…손 치워, 저리 가—!"

팩 토라지려는 미요의 어깨를 꽉 붙들었다.

"알았어, 알았다고."

"…뭘?"

"어떻게든 영지를… 지켜낼게."

"응?"

"그래, 지켜내겠어!"

"…정말?!"

"그, 그럼. 이 지오님이 조막만 한 영지쯤 못 지킬까 봐."

그러자,

Quest

귀부인 앞에서 한 약속!

'당신을 위해 이 땅을 지키겠어.'

매서커가 귀부인 앞에서 맹세를 했습니다.

당신은 의외로 뜨겁군요.

바미안 영지를 적들로부터 지켜 그녀와의 약속을 지켜내십시오.

맹세를 지켜내지 못해 그녀 앞에 서게 된다면 '신사답지 못한'이란

타이틀이 큼직막하게 붙습니다. 영원히……

보상:맹세를 지켜내면 귀부인이 당신으로 인해 부여받은 페널티가 사

　　라집니다. 그러면 그녀는 당신을 더욱 사랑하겠죠.

헉—!

이건 웬 날벼락이냐? 위로도 못하냐—?!

사랑 안 해도 좋다. 우리 뜨거운 사이 아니라니까.

신체적 접촉, 입으로 뱉어진 말, 이 조건만 충족되면 난감한 퀘스트 생성이라니.

뭐, 이따우 경우가.

어흑, 뒷골 당겨. 이놈의 매서커 클래스는 뭔 말을 못해.

"콱— 이 손을 잘라?"

그런데 내 품 가득 가녀린 무언가가 포근하게 파고드는 게 아닌가.

"……!!"

찌르르르르르—

머릿속이 순간적으로 진공 상태가 되며 회백색 석고상으로 화하고 말았다.

이런 육탄 화석화 마법이 있다니…….

버둥버둥.

부드러운 머리칼이 가슴 한가득 부비적부비적대며 가느다랗게 들려오는 쑥스럽고 달콤한 목소리.

"…꼭 지켜줘, 나도……."

"……."

미요의 작은 얼굴이 점점 다가왔다.

그린 듯한 눈섭, 살짝 감은 눈, 끝이 치켜 올라간 기다란 속눈썹, 작고 오똑한 코, 발그레한 볼, 도톰한 붉은 입술…….

두근두근, 콩딱콩딱.

으… 아득해진다.

동화율 44%… 55%… 66%… 경고!!
동화율이 비정상적으로 상승 중입니다.
혈압 상승, 심장 박동수 증가, 동공 팽창, 뇌파 불안정… 더 이상의 신체 접촉은 당신의 건강에 심대한 우려를 초래할 수 있습니다.
…감도 설정을 사이버 섹스 모드로의 전환을 정중히 권합니다. 사이버 섹스 모드로 전환하시겠습니까?

뜨헉!

"노노, 그런 거 아니라니까?! 이 밥통 AI야!!"

"후잉― 간만에 분위기 좋았는데……."

"진정, 진정."

"큭큭, 지오 오빠의 동화율은 너무 정직하다니까~"

"……"

푸시식—

다리에 힘이 풀렸다.

…….

어색한 침묵이 나와 미요 사이에 흘렀다.

"지키는 거지? 나까지?"

에혀, 이미 엎질러진 포션.

미요의 눈물기로 가득한 눈이 몽롱한 가운데 초롱초롱 빛이 났다. 구체적으로 검고 커다란 눈망울 전체에 '♥♡' 문양이 둥둥 떠다녔다. 현실에선 있을 수 없는 만화적 효과라.

'가상 현실이라 별게 다 되는군.'

그 덕에 냉정을 찾을 수 있었다.

나는 그녀의 초롱한 눈망울을 보며 고개를 끄덕였다.

최대한 천천히 각을 잡아서… 흑.

미요는 얼굴이 발그래지며 발끝을 비비 틀었다.

"흠흠, 좋아, 믿겠어요. 어떻게든 영지를 지키리라 믿어요. 믿을게요. 헤헤."

따라라라랑—

하프 소리가 울리며,

Quest

귀부인의 신뢰!

'…믿을게요, 믿을게요, 믿을게요.'

매서커가 레이디 미요의 신뢰를 얻었습니다.

그녀와 함께 있으면 스탯 포인트가 18씩 늘어납니다.

CEN 포인트 3이 늘어납니다.

레이디 미요의 신뢰가 쌓이면 쌓일수록 보너스 스탯 포인트가 늘어납니다.

단, 그녀의 눈이 닿는 범위에서 벗어나면 주어진 보너스는 사라집니다. 그녀의 눈에서 벗어나지 마세요.

두 사람 사이가 보통이 아니군요. 아주 뜨거워요.

…좋겠어요.

"……!!"

미요도 깜짝 놀라는 표정.

그렁거리던 눈물이 순식간에 사라지고 없었고 장난스러운 만화 효과도 그쳤다. 그리고 엄청 다소곳하게,

"호호, 나는 그런 줄 알고 귀부인 살롱에 가보셨어, 엉.주.님."

"…웅, 미요."

미요는 어깨에 올려진 내 손을 천천히 몸을 비틀어 흘러내리게 만들더니 등을 돌렸다. 분홍색 후광이 미요의 어깨 위로 은은히 서려 보이는 건 나만의 착각?

"……."

가상 게임, 이래서 사람 돌게 한다.

그녀의 시선 안에 있기만 하면 2레벨 업한 것과 마찬가지라니, 당연히 사랑하진 않지만 전처럼 미워할 수도 없지 않은가.

빛의 소용돌이로 들어서는 미요를 향해 입을 열었다.

"자, 잘 다녀와."

제, 제길, 잘 다녀오라니…….

미요는 방긋 돌아보며 비단 부채를 흔들고 빛과 함께 사라졌다. 그리고 터져 나오는 고함.

"우아—!!"

터진다, 터져.

그런데 아바타르를 상대로 정말 전쟁 준비를 해야 되는 거야?

"한 달 영주?"

듣고 보니 기분 드럽다.

지들 때문에 이 고생을 했는데 고작 한 달이 뭐야, 난 두 달은 갇혀 있은 거나 마찬가지잖아. 내가 손해를 입은 만큼 저희들도 그에 응당한 피해를 입어야 된다.

골렘 다섯 기를 먹었으면 충분하지 않냐고?

웃기지 마라, 내 시간은 골렘 다섯 기 가격만큼 된다고 생각지 않는다.

나 욕심 많다!

하나 상대는 길드원 수만 2만인 아바타르······.

미요의 조사에 따르면, 아바타르 길드는 황금대로를 따라 점거한 영지만 여덟 개다.

이 바미안 요새보다 규모가 두 배가 되는 요새가 둘에 다섯 배가 되는 요새가 무려 셋이다.

뽑아낼 수 있는 골렘 수에서부터 비교 자체가 되지 않는다.

게다 Part 2로 이행하면 매달 골렘 부품이 출토되기에 이를 바탕으로 양산에 들어가가라도 하면 대책없다.

정말 나는 한 달짜리 영주인가······.

까짓것, 좋아!

어디 버티는 데까지 버티고 손해 입힐 수 있는 데까지 입히겠어.

좋았어. 결심은 섰다.

물론 싸울려면 전비가 필요하다.

"영주민을 쥐어짜서 전비를 마련해야지. 그러라고 있는 NPC영지민 아닌가. 크크크."

나름 사악하게 웃음이 나왔다.

하는 김에 좀 더 기합을 넣어 오버하자,

"좋았어. 이 지역을 폭군처럼 다스리는 거야. 기름을 쫙쫙 짜주겠어. 무화핫—"

음, 너무 잘 어울리는 악당 웃음이잖아.

'크, 어쨌든 어색함은 100퍼센트 털어냈다. 그걸로 된 거지.'

*　　　*　　　*

미요 앞에서 한 약속을 떠나 결심이 서자 행동에 바로 옮겼다. 행동하면 이 지오님이지.

한 달간 전비 마련 고군분투 시작!

영주창에 올라온 정보부터 세세히 훑었다.

영지에 32개의 오픈 필드가 있고, 그중 18개는 클로즈 필드로 화해 엉뚱한 단체들이 유저들을 대상으로 입장료를 거둬들이고 있었다.

영주는 쫄쫄 굶는데 저희들은 클로즈 필드를 만들어 수익을 챙겨?! 가만 놔둘 수 없다.

"아직도 안 떠나고 비비적대고 있단 말이지?! 니들이 내 밥이다, 밥. 죽었어—!"

쿠츠웅—!

"앗, 영주님! 점검을 마치지 않은 기체입니다."

"깡통 주전자는 이미 나와 통했습니다."

"…통하다뇨?"

장갑을 부착할 때 정비 기동으로 내 나름 깡통 주전자의 상태 점검을 마쳤다.

통했다는 건 슈팅 아머 운용 시의 은어로, 출동 준비를 마쳤느냐는 말을 현업에 있을 때 '통했느냐?' 또는 '통했다' 라고 말한다. 습관적으로 튀어나온 말이니 일단이 어리둥절할 수밖에.

등 뒤에서 일단이 방방 뛰어도 무시했다. 통했으니까.

그렇게 난 내장갑을 부착해 탈취 당시 해골같이 앙상하던 외관이 사라진 깡통 주전자를 몰고 외성을 지나 필드를 가로질렀다.

쿵쿵―!

> …마법진 간 연결이 양호합니다.
> 골렘과의 일체화가 33%에 달합니다.

나는 골렘과는 순식간에 한 몸이 되어 뛰었다.

골렘이 일으킨 먼지에도 불구하고 기세등등한 출격 모습에 수많은 유저들이 갤러리화해 따라붙었다.

골렘이 출격했다!!

골렘이 어디로 향하고 있는 거죠?

싸울 것 같은데… 실시간 캡쳐 들어갑니다.

거참, 덩치가 크니 이렇게 시선을 끌어요.

일타삼피! '일타삼피'의 출격이다.

골렘의 가벼운 어깨 장갑엔 네 기의 골렘을 격파한 기장인 해골 네 개가 새겨져 있으니 바보가 아닌 다음에야 주인공이 누구인지 알아본 것이다.

일타삼피, 출격했다고요? 화면 좀 빨리 올려주세요.

이런 갤러리들을 보았나. 대바미안의 영주를 '일타삼피' 라니.

"따라올 테면 따라와 보라지, 흥!"

흙먼지를 거칠게 뒤로 뿜었다.

팟스— 푸핫—! 푸스스스—

아우, 에퉤퉤!

너무 빨라요.

지금 항히고 있는 장소는 영주성에서 제일 가까운 클로즈 필드로, 아바타르들이 유저들에게 입장료를 걷고 있는 곳 중 하나다.

당연히 용납할 수 없다.

5분을 내달리자 높다란 목책이 드리워진 협곡 입구가 나타났다.

뚜—

> 경고!
> 정속 주행으로 전환하지 않으면 가동 시간 20분을 유지하기 힘듭니다.

20분, 20분이면 충분하지.

마나 엔진에 무리를 주지 않고 이 정도 뛰어왔으면 대성공이다.

> **전력 질주!**
> 골렘 운용 전술, '전력 질주'가 생성되었습니다.
> 스킬 등록하시겠습니까?

엡.

'역시 뛰고 볼 일이었어.'

강철거인의 등장에 아름드리나무를 땅에 박아 계곡 입구를 막은 아바타르 측의 반응이 부산스러웠다.

"제, 제길, 비상이다! 주변의 길드원들을 모두 불러들여!!"

"뭐야, 왜 나타난 거야. 빨리 기동대 요청을."

여전히 자신들이 주인이라 생각하는 모양이다.

골렘 확성관을 통해 통보했다.

"이곳은 바미안 영지다. 무단 점거한 아바타르 길드는 필드를 비우고 떠나라. 그렇지 않으면 강제로 몰아내겠다."

내 말이 끝나기가 무섭게 방책 위에서 범위 마법의 유동이 느껴졌다.

"그럴 줄 알았다."

경고가 떨어지자마자 골렘을 소폭 전진시키며 맨땅을 짧게 걷어차 올렸다.

투학―!! 우수수수―

갈색 흙먼지가 자욱하게 뿌려졌다.

현실의 슈팅 아머 같으면 쇠구슬이 가득찬 '더미탄'을 터뜨렸겠지만 그 대용으로 이용할 만한 게 흙의 장막이었다.

하나론 부족하다.

한 발, 두 발, 양발을 좌우로 교차해 흙먼지로 이중 삼중으로 막을 만들며 전진했다.

슈팅 아머의 제일 기본 운용 원칙은 멈춰 있지 말라는 것.

슈르르르릉― 푸파아앙!!

직사로 뿜어져 나온 범위 마력체 다섯 개가 뿌연 흙 장막에 부딪쳐 흩어졌다. 적들은 들인 공에 비해 내가 너무도 간단하게 무마시켜 버리자 당황하는 게 역력했다.

'마력을 아끼는 게 이런 거지.'

한 호흡 만에 흙먼지를 통과하자 목책의 실루엣이 드러났다.

"으랏차차―!"

무게 중심을 골렘 어깨에 실어 방책을 들이받았다.

쿠구적― 우지끈―!

28톤에 달하는 쇳덩어리를 견딜 나무는 없다.

방책 위에 있던 아바타르들이 쓰러진 방책에 깔리거나 분분히 튕겨 나갔다.

"크아악!!"

"우와악! 증원을… 기동대! 기동대!!"

매서커 지오가 킬 포인트 6을 획득했습니다.

무너진 목책 뒤로 부랴부랴 달려온 아바타르 길드원들의 당황한 얼굴이 보였다. 대략 오십 명 정도로, 이동 게이트를 지키기 위해 급히 도열하는 게 기동대의 도착을 확보하기 위함이다.

그 뒤로 사냥터에서 합류하기 위해 뛰어오는 유저들이 보였다.

물러나진 않으시겠다?! 나야 땡큐지.

"하하, 밥이 널렸구나, 널렸어."

좌우의 잔챙이들은 무시한 채 골렘용 거검을 허리 아래로 잡고 어깨 장갑을 내미는 자세로 대형을 향해 돌진했다.

"관절을 노려!!"

도열한 대열에서 단일 마법체 수십 개가 날아와 어깨 장갑에 작열했다.

슈에엑— 츠팟, 파팟—!

동화율을 낮추는 마력 방어진을 활성화하지 않고 자세를 더 낮게 낮추어 마력체의 러쉬에 몸으로 응했다.

트컹, 텅텅텅—

장갑이 떨리며 미세한 진동이 마력구를 통해 전달되었다.

"으헛, 세법 리얼한걸?"

> 장갑의 내구력이 급속도로 떨어졌습니다. 더 이상 노출되면 장갑이 견디지 못합니다. 마력 방어진의 이용을 권합니다.

마치 20밀리 기관포의 집중 사격에 노출된 느낌. 전장 한가운데 버려졌던 긴장감이 살아났다. 그러자,

> 순간 동화율이 46퍼센트에 달합니다.

> 경고!! 마나 펌프 토출압이 오버 플로 상태입니다. 30초를 유지할 수 없습니다.

경고는 경고일 뿐, 순간적인 출력 상승을 이용해 5미터를 겅중 두 번 도약해 대열 앞에 뚝 떨어졌다.

츠파핫—!!

적들과의 거리는 20미터. 충분했다. 5미터짜리 거검으로 맨땅을 길게 그었다.

부우웅— 츠츠—츳.

검끝이 자갈을 스치며 노란 불꽃이 튀어 올랐다.

투타타타탕—!

검끝에 튕긴 잔돌이 아바타르 측에 사납게 쏟아졌다.

이는 흙먼지완 차원이 다른 돌비의 세례!

퍼퍼퍽―!

"우아아악―!!"

적들은 돌 세례에 죽을 레벨은 아니지만 골렘을 저격하려는 마법과 정령 공격은 이 한 번의 행동으로 충분히 제압되었다.

다시 발로 걷어차 올리며 확인 사살식 잔돌 세례를 떨구자.

매서커 지오가 킬 포인트 8을 획득했습니다.

매서커 지오가 킬 포인트 4를 획득했습니다.

매서커 지오가 킬 포인트 6을 획득했습니다.

매서커 지오가 킬 포인트 2를 획득했습니다.

매서커 지오가 레벨업을 했습니다.

현실에서도 이런 식으로 폭도들을 해산시켰다.

대열이 흩어지며 가려졌던 이동 게이트의 모습이 선명하게 드러났다. 얼이 빠진 적들에게 거검을 휘둘렀다.

후우우웅―

검에 두 동강 날 유서가 없을 만큼 느린 베기.

하나 충분히 위협적이다.

아바타르 측은 이 연속 공격을 버티지 못하고 게이트를 완전히 노출시켰다. 게이트를 벗어나는 인영의 실루엣이 잡혔다.

바로 아바타르 길드의 기동대이리라.

오러를 담을 수 있는 근접 캐릭들이 넘어온다면 이거 재미적다. 하지만,

"오냐, 잘 왔다!!"

거검을 빛의 소용돌이 정중앙에 꽂았다.

추카앙— 투하학!!

게이트가 산산이 흩어지며 빛이 사방으로 퍼져 나갔다.

마법진을 구성한 석판이 부서지며 게이트를 넘어오다 막 걸린 아바타르 기동대원들의 몸이 산산이 붉은빛으로 화해 흩어졌다.

> 매서커 지오가 킬 포인트 4를 획득했습니다.

동시에 양옆에 드러난 게이트를 발로 밟아 짓이겼다.

버저쩍—!!

여러 명으로 추정되는 아바타르 기동대원들이 채 모습도 드러내지 못하고 흩어지는 게이트의 빛과 함께했다.

매서커 지오가 킬 포인트 6을 획득했습니다.

매서커 지오가 킬 포인트 4를 획득했습니다.

아바타르 길드원 하나를 데드시키면 킬 포인트를 2나 주어지니 축가의 연속.

"앗! 기동대가……."

"게이트가 망가졌다!"

여전히 아바타르 길드원들의 수는 많았기에 골렘의 발바닥을 맨땅 위를 둥글게 휘어 그리며 공간을 벌렸다.

파팡—!!

파스스슷—

육탄으로 덤벼오는 적들이 추춤거렸다.

몇몇이 골렘에 올라타는 데까지 성공했지만 상체를 흔들어 떨구어냈다.

골렘이 휘두르는 검격을 맞고 데드 상태에 든 유저는 없었다.

그만큼 골렘의 동작은 고렙 유저라면 피할 수 있을 만큼 느린 움직임이다. 다만 튀어 오른 돌에 맞아 충격 상태에 빠진 후 골렘의 기동 공간에 걸려들어 예외없이 데드당하고 말았다.

다시금 킬 포인트가 쭈르륵 올라왔다.

28톤 쇳덩이에 걷어차이면 아무리 고레벨이라도 대책없다.

거대한 철퇴 덩어리를 어떻게 감당할 것인가.

어쩔 수 없다고 생각했는지 아바타르들은 필드를 버리고 달아나기 시작했다.

"그렇게 가시면 안 되지."

골렘을 유일한 탈출구인 무너진 방책 앞에 떡하니 세웠다.

팔을 휘두르며 다리론 파편을 걷어차 올렸다.

푸파팟─! 쿠드드득!!

"아앗!!"

"크헉!"

반경 10미터 안이 강철거인의 학살 공간으로 화했다.

들리는 것은 아바타르들의 비명과 킬 포인트가 늘어났다는 축가뿐.

レ벨업을 하셨습니다.

학살 대박!!

機甲戰記
Massacre
기갑전기 매서커

   이후 천천히 필드 내부를 전진해 달아나지 못하고 숨어서
로그 아웃을 시도하는 아바타르들의 잔상을 찾아 거검으로
찍었다.

   너무 잔인하지 않냐고? 해봐라, 다 된다.

   게임이니까!

   실제 사람이 죽는 것도 아니고, 단지 열만 받을 뿐이다. 아
니면 열 받아 게임 접든지.

   그렇다. 봐줄 건덕지가 없는 거다.

   이렇게 하나의 클로즈 필드를 소탕하는 데 10분이면 충분
했다.

좋아, 여기까지.

거창하게 한 동작 정도 펼칠 수 있는 여력을 남겨두고 각을 잡고 정지했다.

그제야 등 뒤로 골렘을 따라온 갤러리들이 나타났다.

간이 요새의 참상에 다들 입이 벌어져 흙먼지를 고스란히 받아먹었다.

매서커의 징벌.

영역을 점거한 당신의 적을 일부 몰아냈습니다.

적들은 당신을 약간 두려워하기 시작했습니다.

아직 공포를 각인시키기엔 역부족입니다.

더욱 단호해지십시오.

아예 인간 백정이 되라고 부추기는구만, 부추겨.

당신은 감각이 뛰어납니다.

매서커 스킬 '어깨 밀치기'를 습득했습니다.

스킬 포인트 1이 부여되었습니다. 스킬 포인트를 부여해 스킬 레벨을 높이면 두세 명은 너끈히 튕겨냅니다.

두말하면 잔소리, 골렘 스킬로 연동된다는데 마다할 이유가 없다.

커흥, 거 좋다.

허이구, 게다 천지에 세미 하드코어 유저들이구만.

하긴 여기서 놀 정도면 죽지 않을 정도로 자신감이 붙었을 터이니 세미 하드코어 모드를 선택했겠지.

"자, 전리품이나 챙겨볼까나— 룰룰."

인벤토리가 터져라 전리품들로 가득 찼다.

"어이쿠, 요건 세트 아이템이로구나~ 무지 배 아플 것이다. 나는 무지 배가 부르고~"

몬스터를 잡겠다고 노가다를 뛸 필요가 없다.

이렇게 쓸기만 하면 매서커는 알아서 레벨업하고 성장한다.

아바타르는 나의 밥이다 밥!

* * *

내 영지에 NPC 영지민이 500이나 있다 했다, 500이나.

500명이니 한 달에 1골드만 삥(?)을 뜯어도 500골드니 5만 원이다.

아, 지금 E&T E—머니 시세론 10만 원인가.

하나 하루에 5만 원이 아닌 다음에야 그들이 어디에 있든지 어디로 가든지 관심 밖이다. 네버 안중!

그랬는데 이게 뭐야—?!

웬, 다 떨어진 거지들이 떼로 몰려와서는 짐승 가죽, 야수 부산물, 정체를 알 수 없는 말린 고기, 풀뿌리… 같은 것을 늘어놓는 게 아닌가.

"새로운 영주님을 위한 성의입니다."

"……."

그렇다.

이들이 바로 내 바미안의 영지의 NPC 영지민들이다.

근데 이 일을 우짤꼬—?!

"이슈타르 인들은 다들 자존심이 강하기에 다들 부자들인 줄 알았는데……."

맥빠진 혼잣말이 절로 나왔다.

이에,

자신을 영지민의 대표로 소개한 전형적인 사냥꾼 차림의 노인이 죽이든지 살리든지 마음대로 하라는 세상을 달관한 표정으로 덤덤하게 대꾸했다.

"부자였습죠……."

끙, 표정하며 배배 꼬인 듯한 어투까지 마음에 안 들어.

NPC를 상대로 감정을 드러내기도 우습고… 여하튼,

"…였다 함은?"

"전임 아바타르 영주가 저희들을 성에서 몰아내며 상가와 주택을 탈취했습니다."

"……!"

아무리 NPC라지만 어떻게 살던 집에서 몰아낼 수 있었는지 아바타르들의 정신 상태가 참으로 갸륵하군.

"그 때문에 내성에 거주하던 이천에 달하던 영지민들이 전부 뿔뿔이 흩어졌습니다."

"헛, 영지민이 이천?!"

영지민 중 내성 거주민은 영주의 고정 수입원!

NPC로 분주한 영주성의 전경이 그려지며 돈다발이 눈꽃처럼 나를 향해 떨어지는 환상이 그려졌다. 그러고는 픽 사라졌다.

흐미, 아까운 거.

노인은 내 눈치를 살피더니 말을 이었다. NPC 맞아?

"그나마 500여 명은 아바타르 영주의 눈치를 보며 숲 속 동굴에 임시 거처를 마련할 수 있었습니다. 그들이 남은 영지민 전부입니다."

"좋아, 지금에야 이렇게 나타난 이유는?"

"…신임 영주님이 아바타르 영주를 몰아냈다고는 들었지만 여전히 아바타르 영주의 수하들이 영지 곳곳에 진을 치고 있기에 나설 수가 없었습니다."

"…그렇군."

"그런 차에 영주님이 '강철거인'으로 아바타르들을 몰아내시는 것을 먼발치서 볼 수 있었습니다. 찾아와 인사를 드려야 할 것 같아서……."

인사란 말을 강조하며 발치에 늘어놓은 너저분한 채집품들을 향했다. 우리가 영주인 당신에게 해줄 수 있는 건 이런 것뿐이라는 뉘앙스가 아니고 무엇이랴.

와— 누가 이들을 NPC라 할 것인가.

"토벌한 클로즈 필드 근처에 동굴이 있었나 보군."

"…예."

자, 그럼… 이 거렁뱅이 영지민들을 어쩐다?

대표를 따라온 영지민들은 머리를 조아리며 내 눈치를 비굴하게 살피기에 여념이 없다.

어떻게 모두 노인들만으로 대표단을 꾸렸는지.

이들을 털어보았자 먼지만 떨어질 게 뻔한 게 오히려 내가 한 달에 1골드씩 보태주고 싶은 마음이 생겼다.

'졌다, 졌어! 당신들이 이겼어.'

"좋아, 좋아! 영지민들의 성의를 감사히 받겠소. 그리고 내 성의 전 주거지로 돌아와 살도록 허가하오!"

"예에—?!"

놀라기는.

난 왜이리 착한 거지…….

난 줄 때는 어중간하게 주지 않는다. 게다 원래부터 자신들의 거처잖은가. NPC를 상대로 선심을 배풀어 무슨 의미가 있으랴마는 쥐어짜서 무슨 영화가 내게 있겠는가.

마음을 비우니 혼자말이 새어 나왔다.

"남에게 대접을 받고자 하는 대로 먼저 남을 대접하라."

"예?!"

"선물도 필요없고 세금도 필요없소. 같은 유저 대륙인으로서 낯이 뜨거워 그러는 것이니 길게 생각할 필요없소이다."

"…영주님, 그래도…….."

뭐야, NPC 영지민들은 수탈해야 만족하게끔 되어 있는 거야?!

"생각이 바뀌기 전에 물러들 가시오."

나는 귀찮은 듯이 손을 흔들어 NPC 대표단을 물리쳤다.

대표인 사냥꾼 노인은 이해할 수 없다는 표정을 지으며 얼굴 한가득 의심 가득한 동료들을 데리고 물러났다.

Lord

당신을 지켜보겠어!

'탐욕스러운 유저 대륙인치곤 정신이 옳게 박혀 있군. 그러나 언제 어떻게 태도가 돌변할진 알 수 없지. 변덕쟁이들이니.'

그렇습니다. 유저 대륙인들의 폭정으로 영지민들의 불신이 극에 달했습니다. 당신의 호의를 의심의 눈초리로 바라봄은 당연합니다.

하나 당신은 그들의 관심을 끄는 데 성공했습니다.

팁:영지민들의 당신에 대한 호감도를 높여 신뢰도로 전환하십시오.

영지민들이 당신에게 신뢰를 보내는 순간 그들은 여행가와 모험가들을 대상으로 퀘스트를 부여할 것입니다.

오호, 그랬군.

500명 남은 영지민들은 퀘스트를 부여하는 NPC들. 그렇기에 타 영지로 떠나지 못하고 남아 있을 수밖에.

내성에 다시 돌아와 텅 빈 공간을 채워주는 것으로 만족하기로 했다.

나는 바닥에 놓여진 그들의 성의를 조용히 주워담았다.

휘귀한 마법 시료나 구하기 힘든 아이템 재료가 제법 있지 않은가.

어?! 이거 다 돈인데… 눈 질끈 감고 돈 되는 가죽이나 시료 같은 것으로 NPC들에게 삥을 뜯을 수 있다는 말.

에이, 미련을 버리자!

얼마나 도움이 된다고… 내가 엥벌이 퀘스트를 해봐서 안다.

바미안 영지.

골렘이 로또라면 그 나머지는… '깡' 이다.

아홍—

＊　　　＊　　　＊

웅성웅성. 내성 문을 통해 영지민들의 짐마차들이 꾸역꾸역 밀려들었고, NPC 아이들이 다시 찾은 집을 들락날락거리며 내성에 활기를 불어넣었다.

"흠, 보기 좋군. 그런 거지……."

순간 아이들의 쾌활한 웃음소리가 귓가에 크게 울렸다.

캬하—

Lord

돌아온 영지민!

'아이들이 웃음을 다시 찾게 되어 기쁩니다.'

터전을 되찾아 영지민들의 당신에 대한 호감도가 1ᄆ씩 증가했습니다.

전체 1뭐씩 증가시키다니—!

당신은 영주로서 소향이 보입니다.

그러나 이슈타르 인들은 자존심 깊이 상처를 받아 유저 대륙인들에 대한 감정이 좋지 않습니다. 영주인 당신에 대해서도 마찬가지입니다.

영지민들이 모험가들을 상대로 퀘스트를 발생하려면 아득합니다.

NPC 따위에게 호감도를 얻으려고 아부할 생각없다.

가든지 말든지, 오든지 말든지, 퀘스트를 주든지 말든지.

한데, 따단!

영주 레벨이 올랐습니다. 영주 레벨 3입니다.

영주 포인트 1뭐뭐이 생성되었습니다.

팁:부여받은 영주 포인트는 영주의 재량으로 영주 그 자신과 가신들에게 골고루 나누어 줄 수 있습니다.

오옷!! 영주 레벨이 올라? 게다 보너스 스탯 포인트가 100!

끄응, 아부할 생각이 문득 생기게 만드는군.

거참, 피드백이 이렇게 빠르니 유저들이 이 게임에서 헤어나질 못하지.

여하튼 니야 아바타르만 두들겨 잡으면 킬 포인트로 충분히 매서커를 성장시킬 수 있으니 당분간 영주 포인트에 대해선 가신단에게 양보할 참이다. 이 100포인트를 누구에게 부여할까?

아항, 골든보이에게 부여해야겠다.

히든 클래스 특성상 CON에 투자해 봤자 의미없다고 DEX에 투자하고 싶어했지. 좋았어!

영주창을 열어 골든 보이에게 스텟 포인트 100을 얼른 넘겼다.

Lord

가신단 포인트 수여.

가신단의 나이트 직에 봉해진 골든보이에게 영주 포인트 1㎡을 수여하셨습니다. 충성심이 크게 고무될 것입니다.

편파적인 포인트 부여로 가신단 전체의 충성도엔 변함이 없군요.

그렇지만 당신은 대범한 영주입니다.

그들은 언젠가는 당신의 대범함에 감복할 것입니다.

들었지, 들었지? 암, 이 몸이 한 대범하지.

가신단에 등록한 유저들의 충성도를 어떤 기준으로 측정

하는진 몰라도 주고 나서 돌아보진 않을 생각이다.

그는 지금 지하 던전에서 수련 겸 골렘 부품 발굴을 지휘하고 있는 중이다.

스텟을 부여하자마자,

오, 지오님. 이럴 수가!! 100포인트나 넘겨주시다니… 화끈합니다. 어떻게 보답해야 할지…….

호락호락 당할 순 없잖아요.

좋습니다. 저도 이번 한 달, 한번 불타오르렵니다.

너무 타올라 아바타를 재로 만드시면 안 됩니다. 다금발이처럼 만들 수 없잖아요.

하하—!

내가 그의 예전 캐릭인 '다금발이'를 언데드로 만든 것을 확인하고는 배를 잡고 뒹굴 만큼 대범했다. 게임은 게임이란 거지.

아, 한마디 하긴 했다. 이렇게,

'당신의 사악함에 경의를 표합니다'라고.

*　　　*　　　*

내성에 NPC가 돌아오자 그제야 마을다운 마을같이 움직였다. 아직까진 마을 수준.

방송을 보고 호기심 삼아 방문했다 그냥 돌아가던 유저들도 바미안 영지에서 당분간 모험을 하겠다고 서서히 눌러앉기 시작했다. 썰렁하던 분위기에 활기가 생기기 시작했다.

나는 그런 유저들을 위해 매일 골렘을 타고 클로즈 필드를 해방시키며 돌아다녔다.

먼저 아바타르들이 선점한 클로즈 필드를 해방시켰고 다른 거대 길드가 선점한 필드에 대해서는 바미안 영주성을 부활지로 선정하는 조건으로 그들의 영유권을 인정했다.

적을 일부러 늘릴 필요는 없으니 배가 아파도 참았다.

32개의 필드 중 아바타르가 선점한 클로즈 필드만 오픈 필드로 전환했는데도 여행객과 모험객들이 크게 만족해했다.

공짜 필드가 늘어나는데 반기는 게 당연했다.

물론 내가 클로즈 필드로 만들어 많은 수익을 챙길 수 있다.

그러나 누가 지키고 서 있을 것인가.

몇몇 길드에서 해방시킨 필드에 대해 군침을 흘리는 게 느껴졌지만 나와 아바타르 길드의 눈치를 살피며 한 달 후를 기다리는 분위기.

그렇게 일주일 민에 아바타르가 선점한 마지믹 클로즈 필드를 해방시킬 수 있었다. 그러자,

Lord

구 영주 잔당, 축출 완료!

영지를 점거한 잔당들을 통쾌하게 몰아냈습니다.

그들은 당신을 경계하기 시작했습니다.

아바타르 길드원에 한해 1%의 추가 데미지를 가합니다.

하지만 적들은 당신에 대해 대대적인 보복을 결의했습니다. 이겨내십
시오, 매서커의 위엄을 떨치십시오.

그렇게 부추기지 않아도 그럴 참이다.

> 킬 포인트 1르를 획득했습니다.

> 데드시킨 적들의 최대 경험치 2퍼센트를 가져옵니다.

> 레벨업을 했습니다.

아바타르가 점거한 마지막 필드는 최소 인원만 지키고 있
어서 그리 수확이 많지 않았다.

하나 필드를 해방시키며 일백에 달하는 아바타르 길드원
들을 데드시켜 킬 포인트가 200을 넘겼다.

오옷! 4일 만에 영주 레벨이 올랐다.

요즘은 이 영주 레벨이 언제 오르느냐로 주 관심사로 바뀌었다.

자, 이번엔 누구에게 이 포인트를 수여할까나?

골렘을 주기장에 옮겨놓자 수여받은 주인공이 등장했다.

얼굴이 딱딱하게 굳은 헉스였다.

잉? 심상치 않다.

"이봐, 지오! 교체하기가 무섭게 장갑을 걸레로 만들어 버리면 난 어떻게 하나. 장갑을 만들 철괴 재료가 바닥났단 말일세."

"벌써요?"

"끙, 자네는 4킬로그램짜리 철괴가 장갑 하나 만드는 데 몇백 개나 소모되는지 단 한 번도 생각한 적 없군. 제일 소모가 심한 팔뚝 장갑만 해도 2톤에 달하네. 500개나 되는 철괴가 소모된단 말일세.”

“500개나!’

“그러니까 자네가 한번 여흥 삼아 나가서 장갑 하나만 걸레를 만들어도 ‘1,000실버’를 길바닥에 버리고 오는 것이네.”

“한 번 출격에 1,000실버… 그렇군요.”

그랬다. 내가 일주일 만에 그가 모아놓은 철괴 비축분을 거덜내 버린 것이다. 매번 출격할 때마다 교체하진 않았지만 두 번 이상 교체한 것은 분명했다. 게다 다른 부위의 장갑도 부분적으로 갈았으니 내가 나들이(?)할 때마다 최소 1,000실버가량 쓴 셈.

그리고 그 돈은 전부 헉스의 돈이다.

아차차, 이건 예의가 아니군. 나에게 화낼 만한 것이지.

“그리고 가공비며, 수리비를 따진다면 그리 만만치 않은 비용이 드는 셈일세. 지금이야 내가 스킬을 올리기 위해 수고를 마다하지 않지만 이렇게 소모가 많으면 불감당이란 말일세.”

“죄송합니다. 오늘부로 아바타르들을 전부 몰아낼 수 있었습니다. 그러니 이제 출격을 자제하겠습니다. 이건 제 성의입니다.”

“성의?! 무슨? 빈손을 성의로 치나?”

가신단이 나이트 직에 있는 힉스에게 영주 포인트 1ㅁㅁ을 수여했습니다. 당신에 대한 그의 충성도는 의심스러울 정도인데도 괜찮겠습니까?

예—! 줄 땐 화끈하게 준다 했다.

"헙, 스텟 포인트를 100이나 수여하다니! 이럴 수가……."
사납게 치켜올라 갔던 힉스의 두 눈이 튀어나올 정도로 둥그래졌다.

그 정도에 놀라시긴…….

"제가 영주 직에 있을 동안만입니다. 최소 23일 정도 남았으니 그동안 기술을 연마하는 데 보탬이 되었으면 합니다."

힉스는 한 달을 죽어라 유료 퀘스트를 해도 1 레벨 올리기가 힘든 103레벨의 고렙 유저!

성장하고 싶어도 성장 못하는 고렙의 비애가 느껴지는가?

그런 힉스에게 100포인트나 되는 스텟 보너스는 1년에 가까운 플레이 시간을 단축시켜 준 것이나 마찬가지. 그래서인지 힉스는 몸을 부르르 떨었다.

"100포인트라니… 스텟이 딸려서 만들지 못한 아이템이 수두룩 했는데……. 이봐, 지오. 아니, 영주님!"

"…예."

왜 갑자기 정중하게 호칭을 부르지?

오옷―!

Lord

인사가 만사!

나이트 헉스가 당신을 영주로 인정했습니다.

당신의 가신단 인선이 옳았음이 증명되었습니다.

영주 레벨에 영향을 미쳤습니다.

가신단을 꾸렸다고 전부가 아니었네. 여하튼,

"영주 직에 오래 있으면 안 되는지요?"

"예?!"

헉스는 감동 먹은 눈으로 내 양손을 덥썩 쥐었다.

그의 격동이 손을 타고 전해졌다.

"이 헉스, 영주님을 위해 골렘 장갑을 멋들어진 것으로 만들어 드리겠습니다. 허허, 마음껏 출격하십시오!"

"……."

"이 영주 포인트도 영주님을 위해 쓰겠습니다. 바미안 영지를 지켜내도록 이 헉스 한팔 거들겠습니다."

Lord

'나이트' 헉스의 맹세!

그는 가신단 중 첫 번째로 당신과 함께 싸울 것을 맹약했습니다. 놀랍습니다!

그는 당신과 함께 영지를 지킬 각오입니다.

맹약을 이끌어낸 매서커 지오님에게 보너스 스탯 포인트 2가 주어졌습니다.

헉스와 함께 전투에 임할 시 물리적 데미지를 3% 감소시킵니다. 그의 충성도가 높아질수록 정도는 증가합니다.

영주 레벨이 1 올랐습니다. 영주 레벨 5가 되었습니다.

영주 포인트 100을 획득했습니다.

오옷— 보라!

가신의 충성도를 끌어낸 나의 인품을. 역시 이 몸은 타고난 영주임이 분명하다, 확실해! 응, 그건 아니라고?

게임 시작하면 레벨이 잘 오르는 것과 같은 이치라고라?!

흥, 그럼 네가 해보던지.

헉스가 감동(?) 모드로 사라지고 나서 10분 후, 일단이 로브를 질질 끌며 나타났다. 로브를 끄는 소리가 제법 거칠었고 늘 매끈하던 얼굴이 배추 겉대 같았다.

뭐야, 이 양반은 왜 이리 도끼 눈을 하고 째려봐?!

"아크 메이지 일단, 영주님께 너무.너무.너무 섭섭하외다."

"섭섭?! 무슨……?"

"영주님이 그 예의도 모르는 무.식.한 근육쟁이 헉스에게 스탯 포인트를 수여했잖습니까. 그것도 무려 100포인트라니! 맞습니까?"

"끙~ 사실입니다."

나의 확인을 듣자마자 일단은 고개를 돌려 먼 곳을 바라보며 인생 다 산 것 같은 어투로 말했다.

"감히 그 노망난 영감쟁이가 아크 메이지 일단을 비아냥거린 게 아니겠습니까? 지오 영주님이 드디어 바미안 영지에 필요한 인재가 자신임을 인정한 것이라면서요. 저 아크 메이지 일단, 영주님을 위해 최선을 다해 골렘을 수리했건만 영주님의 신임을 받지 못했다고 생각하니 자존심에 큰 상처를 입었소이다."

"우웅."

나참, 헉스님은 왜 그런 걸 자랑을 해 가진곤. 그런데 어쩌다 두 사람이 앙숙이 되었지? 하긴 골렘 수리를 놓고 두 사람의 신경전은 장난이 아니었다. 한쪽은 껍데기를 다른 한 사람은 내용물을 책임졌으니 묘한 경쟁 관계가 발생할 수도.

뻣뜨, 그렇다 쳐도 마흔이 넘은 분들이 애들처럼 서로 약올리고 약이 오르다니.

"슬프외다— 섭섭하외다— 게임 인생에 깊은 회의를 품게 되었소이다— 배신감, 절망감에 치가 떨리오. 어찌 내가 그따위 근육생이보다 못하단 말인지 자괴감에 살이 떨리외다!"

"……."

뚜둥!

Lord

떨어진 신뢰!

'나는 버림받은 가신이야!'

가신단 비숍 직의 아크 메이지 일단이 영주인 당신을 원망합니다. 저주받지 않도록 조심하십시오.

가신단 내 이탈자가 발생할 우려가 큽니다.

이탈자 발생 시 영주의 위신이 떨어지며 자연 영주 레벨도 떨어지기에 배신의 싹을 미연에 척결하기를 권장합니다.

아까운 인재를 당신 손으로 처단할 수밖에 없는 불행한 사태가 벌어질지 모릅니다.

엇뜨뜨, 그와 나 사이에 무슨 신뢰가 있었다고.

> 매서커는 배신자를 용납하지 않습니다. 상처받기 전에 처단하십시오.

…처단?!

어허, 무슨 메시지가 이리도 살벌한지 무슨 마피아 조직 관리하는 것도 아니고… 여하튼 어떻게 달래지?

"아, 영주의 신임을 받지 못하는 아크 메이지가 세상 천지에 어디 있단 말인가. 이게 설정의 파괴며 세계관의 붕괴가 아니고 무엇이랴. 나 일단, 이제 E&T를 떠날 때가 되었음이라― 영주의 지원을 받지 못하는 신세라… 처량도 하구나~"

"…에."

흐미, 이거 장난이 아니구나. 단단히 삐쳤어.

재빨리 영주창을 열어 방금 레벨업한 스탯 포인트를 일단에게 수여했다.

이봐요, 속 다보여요. 당신이 뭘 원하는지 다 안다고요.

이걸 원했죠?!

> 가신단 비숍 직의 일단님에게 1ㅁㅁ 스탯을 수여하시겠습니까?

예!

도리없잖아. 나이 든 어른이 퍼질러 앉아 신세한탄하는 것을 듣는 건 이 또한 고역. 그리고 그의 정신 상태는 미덥지 못해도 마법에 대한 조예는 인정해야 했다.

일단은 내가 부숴놓은 네 기의 골렘을 완벽하게 수리했고, 좀 더 낫게 개선해 놓았다. 옆에서 지켜봐서 안다.

ㅗ는 인정할 수밖에 없는 천재로, 누가 뭐라 해도 헉스와 같이 가상 세계에 최적화된 가상 인류!

이 둘에겐 이미 동화율이라는 건 의미없는 단계에 들었지만 대신 나 같은 멀티플레이어로서의 자질이 옅을 뿐이다.

이들에게 필요한 것은 좀 더 자신의 성취를 키울 수 있게 만드는 원동력이 필요할 뿐. 그 원동력은 바로… 스탯!

일단은 올리고 싶어도 올릴 수 없는 극악한 상태에 몰려 있기에 몰빵 캐릭인 메이지 지오를 은근히 부러워함을 안다.

그가 원하는 것은 1포인트의 INT 스탯인 것이다.

자, 드세요. 여기 100포인트 들어ㅡ갑니다ㅡ!

비숍, 일단님에게 1ㅁㅁ 스탯 포인트를 부여했습니다.

반응이 왔다.

갑자기 자신게게 100포인트가 떨어지자 눈이 조금 전의 헉스처럼 커졌다. 이런, 정도가 심해 눈이 튀어나올까 걱정되네.

일단이 낮게 감탄성을 흘러내며 입을 쩌억 벌렸다.

"오오, 얼마 만에 나타난 스탯 포인트인가! 근 5개월 만에 생성된 스탯이라니… 그것도 100포인트라니!"

"……."

아하, 그랬군. 그랬던 거군.

뚜둥!

Lord

충성도 폭주!

'이런 날이 올 줄이야! 지오님, 진정 존경하오이다—!!'

당신에 대한 원망이 눈 녹듯이 사라졌습니다. 배신할 가능성이 완전히 사라졌습니다.

아크 메이지 일단의 충성도가 급증하고 있습니다.

그는 진정 당신의 대범함을 존경하고 있습니다.

"흠흠, 직접 만나뵙고 수여하는 게 예의 같아서 기다렸습니다. 잔당들을 토벌하니 영주 레벨이 올랐습니다. 차별한다는 오해는 마십시오. 영주 레벨은 올리고 싶다고 오르는 게 아니거든요."

"오해라니요. 절대 그렇지 않습니다. 영주님의 넓은 배포에 탄복했습니다. 지오님은 진정 대인배외다!"

"…제가 한 대인배 기질이 있지요. 크……."

대인배란다, 대인배. 꿍!

청승 모드에서 감동 모드로 돌변한 일단이 내 양손을 뜨겁게(?) 잡아왔다. 오늘 헉스나 일단이나… 아저씨 둘이 넘. 하누만.

그래도 진지하게 나를 쳐다보기에 부여잡은 손을 뿌리치지 못했다. 사나이들의 우정 표시엔 나름 너그러운 나이기에.

"이 일단, 영주님을 잠시라도 원망했던 게 부끄러울 따름입니다."

"이러지 않으셔도. 이 손은 놓으셔도……."

"아닙니다. 저 아크 메이지 일단! 최선을 다해 골렘들의 성능을 개선해 놓겠습니다. 전비가 모자라시면 말만 하십시오."

"부자셨어요?"

"…물장사란 게 그런 거죠."

"그러면 포션을 형제 상점에서 독점 판매하고 싶은데요."

"당연히 그러겠습니다. 그리고 바미안 영지는 분명히 지오님 영주로 남아 있어야 합니다. 누가 있어 저에게 이런 스탯 포인트를 폭우같이 부여하겠습니까."

"……."

알긴 아시네요.

일단은 하늘을 우러러 감동 어린 어조로 뇌까렸다.

"메이지를 후원하는 방법 중에서 이보다 더한 후원은 없습니다. 스탯 부여야말로 메이지 후원의 궁극!"

"아—!"

오버하시네…….

여하튼 그런 거야, 그런 거였어. 내가 이들처럼 고렙이 되지 않아서 알지 못하는 고충인 게야.

"그렇습니다. 영주님의 후원에 감동했습니다. 바미안 영지는 반드시 지오님의 영지로 있어야 합니다. 저 아크 메이지 일단이 앞장서서 꼭 바미안 영지를 지켜낼 것입니다."

아, 정말 이 아저씬 오버가 아크 급이라니까.

이제 그만 손은 놓으셔도… 한데,

짜잔—!

Lord

'비숍' 일단의 맹세!

'무도한 무리로부터 나의 새 터전을 지켜내겠어!'

아크 메이지의 충성을 이끌어내다니… 대단합니다.

당신과 제일 이해가 맞는 동료입니다.

그는 당신을 진심으로 존경하고 있으며 영지에 대한 애착이 누구보다

도 깊습니다. 그는 영지에 자신의 기반을 옮겨올 각오입니다. 그의 숨겨진 기반을 유치하십시오, 그의 가려진 인맥은 영지에 큰 활력을 가져다줄 것입니다.

그의 충성을 이끌어낸 매서커 지오님의 INT 스탯이 6 늘어났습니다. 보너스 스탯 포인트 12가 주어졌습니다.

일단과 함께 전투에 임할 시 마법 데미지를 5% 감소시킵니다. 특히 아크 메이지 급이 발하는 정신 공격을 무조건 1회 회피합니다.

영주 레벨이 1 올랐습니다. 영주 레벨 5이 되었습니다.

영주 포인트 100을 획득했습니다.

영주 레벨이 1 올랐습니다. 영주 레벨 7이 되었습니다.

영주 포인트 100을 획득했습니다.

"……?"

이건 무슨 일인가.

그렇다, 일단은 '아크'가 붙은 대마도사!

아크 마에스트로 헉스완 차원이 다른 캐릭으로, 한국 E&T를 통틀어 18명만 있는 대마도사 중 하나가 일단이다. 물론 그의 입으로 말한 자랑이라 그리 신뢰하진 않았지만 지금은 신뢰하지 않을 수 없다.

그런 고급 유저의 충성을 이끌어냈기에 영주 레벨이 2씩이나 한꺼번에 업을 한 것이다.

헉스가 고급 유저가 아니라는 게 아니다.

그만큼 나에게 충성을 맹세한 일단이 E&T 세계에선 독보적인 존재라는 것.

그가 만들어낸 말썽 많은 버서커 포션만 보더라도 알 만하잖은가. 아니면 그가 관계한 단체가 생각 이상으로 크고 복잡할 수도 있고.

여하튼 보았나, 나의 영주로서의 카리스마를.

아크 메이지까지 나에게 충성을 다한다 하지 않은가.

무화하핫—! 나야말로 영주를 하기 위해 태어난 인물 중에 인물이다.

재수없다고?

부러울 땐 부럽다고 하는 거다.

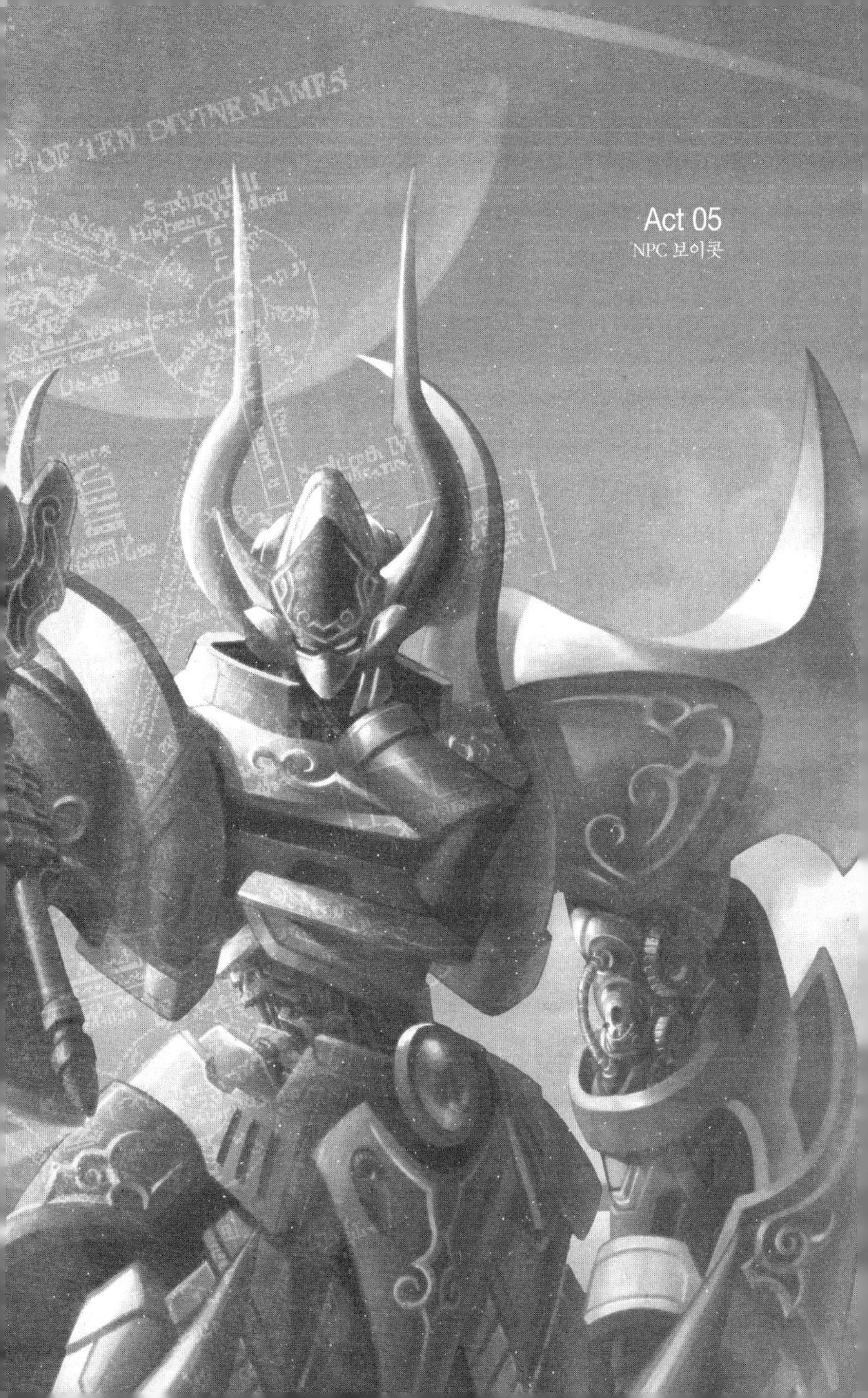

Act 05
NPC 보이콧

機甲戰記

Massacre

기갑전기 매서커

　스탯을 수여하는 격동(?)의 시간이 지났다.

　한번 영주 포인트를 부여받고 나니 다들 그 포인트가 한 달 뒤에 사라지는 것을 상상하기조차 싫어함이 느껴졌다.

　100포인트다, 무려 100포인트!

　나와 있으면 '치트키' 같은 스탯 보너스가 떨어지니 왜 아니 그럴까.

　영주 레벨과 영주 포인트, 이건 나를 위해 만들어진 치트키.

　그리고 영주 레벨을 올리는 확실한 단서를 파악했다.

Lord

모험가의 급증!

'바미안 영지에 오픈 필드가 늘어났다고? 한번 가볼까?'

바미안 영지를 방문하는 모험가의 수가 급증했습니다.

내성 방문자가 하루 평균 일천을 넘었습니다.

주변 몬스터들을 사냥하기 시작해 숲으로 몰아내고 있습니다.

당신에 대한 영지민들의 호감도가 약간씩 증가하고 있습니다.

영주 레벨이 올랐습니다. 영주 레벨 8이 되었습니다.

영주 포인트 100이 부여되었습니다.

오호라, 내성 방문자가 늘어나면 영주 레벨에 영향을 주는구나. 하나 알았어.

Lord

제른의 고향.

'그럭저럭 놀 만하군.'

부활 장소로 바미안 영지를 선택한 유저들의 수가 방금 5백을 넘었습니다.

바미안 영지가 '장원 급'이라는 주변 영지의 평판이 사라졌습니다.

하지만 영지민들의 품은 의심의 눈초리는 아직 여전합니다.

영주 레벨이 올랐습니다. 영주 레벨 4가 되었습니다.

영주 포인트 100이 부여되었습니다.

나참, NPC들이 뭘 의심한다는 건지.

Lord

신임 영주에 대한 작은 기대.

'어딜 가도 고향만 한 게 없지.'

타지로 흩어졌던 영지민들이 돌아오기 시작했습니다. 이들은 유저 대륙인들의 횡포로 터전을 잃은 유랑민들을 대동하고 있습니다. 그 수는 무려 500여 명에 달합니다.

흉포한 자들까지 무리에 섞여 있으며, 이들은 언제든지 떠날 수 있습니다. 이들을 받아들이겠습니까?

옙!

당연히 받아들인다.

유랑민들 대부분이 나 같은 유저들에게 쫓겨난 퀘스트 NPC일 테니까. 어두운 계열의 직업인도 대환영.

그 정도 양념은 있어야 사람 사는 동네답지 않은가.

난 왜 이리 너그러운지…….

그러자,

Lord

첫 숭앙자!

'영주님의 영혼에 늘 너그러움이 함께하기를…….'

NPC 중 누군가가 처음으로 당신의 건승을 기원했습니다.

당신의 넓은 아량에 유저 대륙인들은 당신을 소중한 존재로 인식하기 시작했습니다. 영지민들의 당신에 대한 호감도가 급증했습니다. 하나 영지민들의 호감도를 신뢰도로 발전시키기엔 아직 많이 부족합니다.

영주 레벨이 올랐습니다. 영주 레벨 1□이 되었습니다.

영주 포인트 1□□이 부여되었습니다.

으으… 폭렙이다, 폭렙!

게이머의 진정한 로망은 폭렙에 있다더니.

단 하루 만에 500포인트나 되는 영주 포인트를 챙겼다.

얼른 소리 누님, 솔로 형, 골든보이에게 100포인트씩 돌렸다.

그러자 통신창이 따따따거렸다.

끼악― 이게 웬 거야? 딱 필요한 시점에 이렇게 들어오네. 지오야, 괜찮겠어?

물론입니다. 전 제 나름 챙기는 포인트가 있으니까요.

아웅, 고마워. 그리고 놀라지 마. 지금 나 40레벨이야.

오우― 누님, 추카! 추카!!

와우, 이 누님 살림은 안 하고 플레이만 하신 거야?

일주일 폭렙하면서 이제 한계에 부딪쳤는데 또 이렇게 스 탯 포인트가 붙어버리면 2주일 만에 60레벨은 찍을 것 같아.

무리 마세요.

이렇게 받기만 해서… 뭐, 필요한 거 없어?

철괴 모으신 것 있으면 좀 주세요. 가격은 천천히 처드릴게 요.

진작 말하징~ 한 2천 개는 모았으니까, 전에 말한 니하르의' 돈이 좋아 '형제들이 운영하는 상점에 맡기면 돼?

옙, 가셔서 마음에 드는 방어구 챙겨가세요. 제가 권하고 싶은 것은 '아크 마에스트로 헉스의 방어구'입니다. 부담 갖지 마시고 챙기십시오.

그거 명품이잖아…….

한 달이 멀지 않았습니다.

알았어. 감동, 감동! 고마워~

이어 재잘재잘 소리 누님의 자식 자랑, 남편 홍보기 10분.

그 뒤로 솔로 형의 메시지가 대기 상태에 등록되어 있었다.

다음에 스텟 부여할 때는 소리 아줌마보다 먼저 부여해 다오. 네 목소리 듣기가 왜 그리 힘드냐? 음, 그리고 고맙다! 지금 레벨 55레벨이야. 기다려라―

몇 마디나 하신 거야?

솔로 형은 완전 독이 올랐구나.

지오님, 방금 전율했다는 것 아닙니까. 오, 오러를 칼에 담을 수 있게 되었소이다. 이제 남은 것은 골렘 오너의 자격 취득! 이 영지를 위해 더욱 분발하겠소이다.

끙, 골든보이 당신마저 사극 모드라니.

여하튼 치트키가 필요할 때 제대로 먹힌 것 같아 좀 우쭐해졌다.

그렇게 폭렙의 잔치가 끝났다. 눈치 챘는가?

그렇다.

영주 레벨을 끌어올리는 단서는 NPC 영지민 유무와 일반 유저들의 유치에 있는 것이다.

늘어나는 NPC 영지민, 영지를 방문하는 일일 유저들의 수, 유저들이 부활지로 영지를 선택하는 선호지 수!

이것들이 영주 레벨을 높이는 척도인 셈.

난 일반 유저들을 유치하는 것엔 자신없다.

꼴리는 대로 우르르 몰려왔다가 우르르르 가버리는 존재 아닌가.

하지만 NPC는 다르다. 단순히 인공지능을 만족시키는 것이잖은가.

그럼 인공지능 NPC들이 만족했다 함은 무엇으로 나타날까?

바로 내성 문을 통해 끊임없이 들어오는 이주민들의 마차 행렬이 바로 척도.

NPC들을 학대하는 아바타르들을 몰아낸 후 대가없이 NPC들을 받아들인 게 주효한 것이다.

이슈타르 인, 즉 NPC들을 감동시키는 게 이제부터 영주로서의 소임이다.

현재 영지민이 나에게 품은 호감도는 80이다.

호감도를 높여 신뢰도로 전환시키고, 다시 신뢰도를 충성도로 끌어올려야 했다.

호감도를 얼마나 올려야 신뢰도로 넘어갈지는 알 수 없다.

신뢰도로 전환되면 영지 내 NPC들이 직업 퀘스트를 부여하고, 그들의 재산에 대한 징발권을 행사할 수 있다.

호감도를 신뢰도로 전환하기만 하면 모두 내 재산이란 말씀.

신뢰도가 충성도로 전환하면 나를 위해 NPC들이 목숨을 바쳐 싸우지 않을까?

신뢰는 재산을, 충성은 목숨을.

전부 추측이지만 신뢰와 충성의 대가란 원래 그런 거 아닌가?

그래서 어려운 것이고.

사람을 감동시킨다는 게 얼마나 어려운 것인가?

자기 마음이 부서지지 않고서는 어려운 일!

인공지능을 탑재한 NPC도 마찬가지. 내가 영주로서 누릴 권리를 포기하고 양보해야 이렇게 모여드는 것이다.

봉사와 헌신, 잠시지만 내가 마치 중세의 귀족이 된 것 같은 착각에 빠져들도록 만들기 충분했다.

"아바타르들이여, 고맙구나. 너희들이 학대한 NPC들이 내

칼을 지금 날카롭게 갈아주고 있다. NPC들을 우슴게보지 말라."

*　　　*　　　*

몸과 마음이 모두 바쁘니 일주일이 하루같이 느껴졌다.

"제길, 억류 생활한 두 달은 시간이 흐르지도 않더니 영주가 되고 나선 시간이 핑 지나가는군."

그렇게 독하게 가상 생활을 했건만 유일한 활로이자 보루인 영주 레벨은 폭렙이 있은 이후론 더 이상 오르지 않았다.

왜냐고?

바미안 영지에 대한 일반 유저들의 평을 들어보시라.

"바미안 영지의 NPC들은 유저들과는 거래를 하지 않네요. 그냥 생까요!"

"맞아요. 아무리 사냥터가 널널하면 뭘 해요. 잡템을 처분할 수가 없는데.

"그죠? 게다 단순한 수집 퀘스트조차 주지 않아요. 바미안 영주성의 NPC는 최악입니다. 유저들을 뭘로 보고……."

"아주 불편한 영지죠. 진 소켓 서비스 예약한 것만 처리되면 제대로 된 영지로 옮길 겁니다."

"저도요. 환전소에 이공간 물품 보관소 분소조차 없는 영지는 영지가 아니죠."

"바드들만 신났어요. 아유, 짜증나."

"......!"

내 영지는 영지가 아니란다. 미쳐.

모험가들이 좀 모이는가 했는데 내 영지민들의 태도에 질려서 떠나는 유저들이 속출하고 있으니 당연히 내 영주 레벨은 더 이상 오르지가 않고 있었다.

도대체 무엇이 문제인가?

영지민들은 나에게 깍듯이 인사를 건네도 유저들에겐 전혀 그렇지 않았다.

소가 소 본듯, 심한 경우엔 적의를 담아서 외면한다.

나에게 남은 유일한 활로는 무엇인가?

바로 영주 포인트로 가신단의 성장을 돕는 것이다.

골렘이 다섯 기면 뭐 하나?! 골렘 오너 자격을 부여받은 건 매서커 지오뿐.

골든보이와 헉스는 아직까지 골렘 오너로 전직하지 못하고 있다. 그 둘에게 전직 기회가 좀처럼 주어지지 않기 때문이다.

골렘 오너는 레벨을 끌어올리는 것하고는 별개 문제로 그둘에겐 레벨을 뛰어넘는 비정상적인 성과를 보여주어야 하는 것이다. 그 비정상적인 성과를 이루기 위해서는 치트키 수준의 영주 포인트 부여가 유일한 대안인 것이다.

특단의 조치가 필요했다.

쉬운 게 없다!

내가 NPC들을 우습게본 것이다.

결국 NPC들과 24시간 밀착 생활하기로…….

*   *   *

보름간 달려볼 생각으로 옷가지를 가지러 집에 왔다.

문을 열고 들어서니 지은이 방에서 가는 빛이 새어 나오고
있었다.

새어 나오는 빛들은 너무도 익숙한 게임 특유의 형형색색
임펙트 효과. 지은인 무슨 게임을 하는 거지?

혹시 E&T를 하고 있는 건 아닐까? 하나 집은 좁아도 숙녀
의 공간은 철저히 지켜지는 게 우리 집이다.

게다 가상 세계에 한참 몰입해 있으니 물어볼 수도 없었다.

짐을 꾸리면서도 귓가에 들리는 게임 효과음에 신경이 갔
다.

"분위기를 으스스하게 내리까는 게 E&T는 아니군. 뭘까?
허, 내가 가상 게임에 홀릭 상태임을 인정해야겠군. 어딜 가
도 게임 광고만 눈에 들어오고 있으니……."

지은이는 두 달 전 나에게 삥땅(?)한 돈에 자신이 저축한 돈

을 보태 가상 게임 단말기를 구입했다. 멀티 콘트롤이 가능한 단말기로, 무려 5백만 원이나 한다.

우리집 가전제품 중 최고가의 물건. 그만큼 일대 사건이었다.

지은인 게임상에서 외국인 친구들과 대화하겠다는 구실로 구매했는데 실제 그 용도로 사용하고 있는지 누가 알 것인가.

여하튼 내가 두 달간 버벅거릴 동안 지은이는 가상 게임 삼매경에 빠져 있었다.

살며시 가방을 챙겨 나오는데 냉장고 앞에 서서 머엉~하니 서 있는 지은이가 보였다.

이크, 위기 감지 센서에 빨간 불이 들어왔다.

지은인 냉장고 앞에 서 있을 때 제일 신경이 날카롭다.

'이걸 먹어, 말어?' 를 고민하는 머리 자그마한 암사자.

찌릿─ '너, 딱 걸렸어' 라는 눈빛에 내 몸은 궁지에 몰린 가젤 모드에 들었다. 제길, 천적이 따로 없군.

"오빵─ 오랜만이네."

"오늘 아침에 봤잖아."

"그랬나? 그렇다 치고, 오빠 가상 게임하고 있지?"

"그, 그려. E&T라고 제법 할 만해."

"흐응, E&T라면 벨런스 물 말아 먹었다는 그 막장 게임? 강철거인이면 레벨 무시는 기본에 건물을 막 부순다는… 오빠다운 게임하네."

"…그, 그래. 나다운 게임이지."

뭐시라? 막장 게임? 아냐, 암사자의 도발에 넘어가면 안 돼!

릴렉스—

"벌이는 어때?"

그러면 그렇지. 지은이의 관심은 내 주머니.

"번다기보단 멀티 트레이너가 되려고 작업장에 신세지고 있는 거지. 몇 달만 훈련하면 시급 8천 원 정도의 트레이너는 될 것 같다고 그러네. 그 방면에 내가 재주가 있다는군."

"우왕~ 시급이 8천 원. 하긴 우리 집안 식구들은 한 집중력 하지."

"그래, 우리가 집중력 면에선 특출하지."

그러니까 내 단말기를 흘끔거리지 말란 말이다. 속내가 훤히 다 보여.

"그 짐은?"

"보름간 합숙 훈련한다고 생각하면 돼. 유저들이 많이 들어올 때 열심히 준비해야지. 너도 게임하니까 알 거 아냐."

울어도 소용없다. 눈물에 당할 과거의 내가 아니다. 나 무척 강해졌어.

"그건 그렇지. 바쁜 것 같은데 그럼 가봐. 임마한텐 내가 말 잘할게."

"……"

우잉? 잘못 들었나? 조것이 그냥 가보라네? 이럴 리가 없는데.

침으로 눈물을 만들며 용돈을 울궈내려 달려들어야 정상 아닌가.

게임하면 철이 든다? 그런 이야기는 들은 적 없는데…….

예상치 못한 지은이의 태도에 불안하기만 한 나.

"저… 지은아?"

"왜앵?"

"넌 무슨 게임 하니?"

"비. 밀!"

"비밀?!"

지은인 제법 자부심 넘치는 표정으로 말을 이었다.

"그래, 내가 하고 있는 건 게임이면서도 게임이 아니야."

"……?"

"일종의 프로젝트야. 즉, 이 몸은 시간당 5천 원을 받으면서 프로젝트를 수행하고 있다는 것이지."

"우와~ 5천 원! 테스트 플레이어구나."

게임 개발사에서 개발 초기엔 이런 식으로 테스트를 한다.

그런데 지은인 어떻게 그런 프로젝트에 발탁된 거지?

게임 '게' 자도 모르는 아이인데.

하청에 재하청인가? 그런 것치고는 시급이 너무 후하잖아.

"업계 말로 그렇게 부르나 보지? 여하튼 이 몸은 3개월 안에 세 개의 캐릭들과 동화율 25%대를 만들어놓아야 한다는 말씀. 그렇게 만들기만 하면 추가 보너스가 있거든."

"추가 보너스까지?"

"그래, 시급 15% 가산에 가상 단말기 구매액에서 20%를 돌려준데. 뭐, 돌려주는 거야 E―머니지만 요즘엔 E―머니로 장보는 시대니까 현금이나 마찬가지. 에헴."

"조건 좋다!"

진짜다. 과할 정도로 후하다.

모두 자신의 캐릭으로 동화율만 끌어올려 그 정도 시급에 보너스까지 지급한다 함은 대형 개발사의 프로젝트가 분명했다. 그리고 이미 두 달간 게임을 하면서 시급을 제대로 지급되고 있음을 지은이의 표정에서 알 수 있었다.

나의 관심에,

"단말기 신규 구매 고객 중에서 내가 완벽한 게임 초보니까 가능한 아르바이트 조건이지."

"아, 그런 거구나."

어쩐지. 요즘은 고가의 물건에 아르바이트 일감도 함께 끼워판다.

아르바이트를 하겠다더니 실제 이런 식으로 할 줄이야.

여하튼 지은이의 여유는 한 사람의 사회인이 되었다는 그 자부심에서 나오고 있는 것이었다.

역시 사람은 자기가 번 돈맛을 봐야 철이 든다더니… 그런 거였어.

'그럼 일단 지은이에게 나갈 용돈은 굳은 셈인가. 대한민국 탈출 고고싱이로고.'

암사자 지은이가 갑자기 사랑스럽게 느껴지려는데 지은이가 약간 어두은 어투로,

"지금 내 동화율이 18%~22%를 오락가락하는데 보름간 진척이 없어 걱정이야."

"웅, 동화율이라는 게 원래 그런 거야. 나도 정체기를 겪어봐서 알아. 벽을 허무는 데는 계기가 있어야 하는데……."

"알아, 상담도 받았고. 하지만 욕심을 안 내려고 해도 조금만 올리면 되니 욕심이 생기지 않을래야 생기지 않을 수가 없잖아. 조금만 더 하면 보너스 수령 안전권에 드는데……."

"그러네."

나는 저도 모르게 지은이의 처지에 공감이 가며 무언가 도움을 주고 싶은 마음이 후끈 들었다.

이것은?

그렇다, 이것은 '오빠가 있다!' 모드.

"바이오 글러브가 있으면 도움이 된다는데. 그게 여간 비싼 게 아니잖아."

"오, 바이오 글러브! 동화율을 높이고 유지하는 데 요긴한 아이템이지."

"그래서 그러는데, 오빠가 좀 거들어주었으면… 가상 단말

기가 고가라서 같이 구매하지 않았는데 이제 필요해."

"그래, 그건 오빠가 도와줄게."

"정말?"

지은이는 눈을 똥그랗게 만들며 놀랍다는 표정을 지었다.

초롱초롱, 내 동생이지만 귀여움 180% Up!

"암, 바이오 글러브는 '스킨 텍스쳐' 사 제품이 버그 적고 감도가 뛰어나. 최신형이 120만 원 하니까 이건 내가 쏠게. 게다 요즘 신제품 출시 특별 할인 행사도 하고 있거든. 무려 20%씩이나."

"우왕― 역시 작업장에 다니니까 말이 빨리 통하네. 돈 잘 버는 지혜 언니에겐 아무리 떼를 써도 들은 척 만 척인데… 오빠가 최고!"

오빠가 최고? 오빠가 최고?! 오빠가 최고! 오빠가 최고―!!

뇌세포가 일시에 팽창했다.

"우하하, 같은 길을 가는 동지로서 이 오빠가 지금 바로 쏘지, 암! 단말기 가져와 봐, 당장 이체해 줄게."

"여기."

지은인 재빨리 단말기를 들이밀었다.

뚜뚜― 뚜!

계좌 이체가 성공적으로 이루어졌다는 메시지가 흘러나왔다.

"오빠, 고마워. 오빠뿐이야!!"

오빠뿐이야? 오빠뿐이야?! 오빠뿐이야! 오빠뿐이야—!!

뇌세포 간 연결 고리가 뚝 끊어졌다.

두둥실 뜬다고 해야 하나, 그런 기분이다.

"무화핫— 열심히 동화율 올려라. 잘하면 집안에 시급 2만 원짜리 멀티 트레이너가 두 명 나오겠는데?"

"오빠도 열심히 해."

"그래, 우리 열심히 하자."

나는 오랜만에 오빠로서의 우쭐함을 느끼며 집을 나섰다. 어깨에 간만에 각이 들어갔다.

문을 닫으며 돌아보니 지은이가 고양이 웃음을 지으며 통신 상담원을 통해 주문하는 게 보였다.

"스킨 텍스쳐사 바이오 글러브, 행사 제품 할인 가격으로 12개월 할부요, 12개월요! 가능하죠? 네, 배달 주소는 서울 광역권⋯⋯."

"⋯⋯."

⋯나, 또 당한 거 같지?

꼭 나 들으라는 식으로 주문할 건 또 뭔가?

으읏, 얄미운 것.

혈압 오르기 전에 자기 합리화 모드로 전환!

'에이, 그렇게 생각하지 말자고. 동생한테 뺏겨 먹힐 게 있다는 게 어디야. 그래, 많이 발전한 인생이잖우.'

나는 지은이에게 여유로운 마음을 담아 부드러운 미소를

보냈다. 그러자 지은이의 눈이 조금 전보다 더 커졌다.

놀랍지? 놀라울 것이다.

이것이야말로 주머니 두둑한 오빠의 여유란다.

지은이 입에서 의외의 말이 튀어나왔다.

"꼭, 알바비 받으면 갚을게. 알바비 받으면 사려고 한 거였
거든……."

"하하, 녀석. 고고싱혀!"

나는 시원하게 손을 흔들고 돌아섰다. 눈이 부실 것이다.

나름 성공한 거래라 자평한다.

짐을 챙겨 나와도 울지 않잖아. 그만큼 내가 가족들에게 신
뢰를 쌓았다는 반증 아닌감. 그리고 오늘,

"오빠가 최고!"

"오빠뿐이야!!"

가장 듣고 싶은 두 마디를 모두 들었어. 스마일―!

어흑, 12개월 할부래…….

*   *   *

작업장에 돌아오자마자 두 시간 동안 보지 못한 공지를 훑

어보았다.

　전체 공지!
　글로벌 E&T입니다.

　잉? 보스 몹의 방문을 기획한 그 글로벌 E&T?!
　또 뭐엉미—?!

　모험을 감행하지 않아 문제가 되고 있는 '파편 무구'에 대
한 페널티를 부여하겠습니다.

　앗! 내가 둘이나 가지고 있는 무구에 페널티를 부여한다고
라?! 온몸에 털이 곤두서며 심장판막이 난타를 쳐대기 시작했
다.

　1. 파편 무구에 대한 공동 소유를 불허합니다.
　한 달 안에 개인 소유로 전환되지 않은 파편 무구는 던전으
로 돌아갑니다.

　흐흠, 나야 해당 사항 없으니 패스.
　소유를 놓고 거대 길드 내에서 분쟁이 일겠는데…….
　얼씨구절씨구.

2. 파편 무구가 실시하는 소켓 분리 서비스는 12시간 72회로 제한됩니다.

커흑ㅡ! 이건 크리티컬 히트. 하루벌이가 두 동강 나잖아. 버럭!

"이러시면 안 되죠, 안 되고 말고요."

3. 파편 무구 개인 소유자는 일주일에 3회 이상 파편 관련 퀘스트를 수행해야 합니다. 한 달 안에 총 12회에 걸친 퀘스트를 수행치 않을 시 무구는 '백인던전'으로 돌아갑니다.

"……!"

신음이 절로 튀어나왔다.

"…차라리 날 죽여라, 죽여!"

두 달의 기간을 드립니다.

한국 유저 여러분! 기한 내에 Part 1의 열여섯 보스 몬스터를 처단하시고 Part 2로 이행하시길 바랍니다.

지금까지 글로벌 E&T였습니다.

글로벌한 마인드답게 잔인도 하셔라. 우찌 살라고…….

Part 2로의 완전 이행이 아닌 부분 이행에 대한 한국 유저들의 조직적인 움직임에 극단적인 처방을 제시한 것이다만, 이건 나보고 죽으라는 것과 같다.

"왜, 나만 미워하냐고?!"

파편 무구를 가진 게 그렇게 미워?

"글로발인지 나발인지… 두고 보자!"

Act 06
작은 참새

機甲戰記
Massacre
기갑전기 매서커

  여동생에게 자발적으로 삥을 뜯기고 공지 데미지까지 먹어 단물 다 빠진 껌 씹는 기분으로 영주관을 나서야 했다.

  영주관 문을 열자마자 귀를 긁는 굉음.

  키잉이이잉—

  쇠 긁는 소음에 소름이 와락 일었다. 뭐야, 저들은?

  머리에 닭벼슬을 세운 헤비메탈 계열 바드와 브로콜리 머리를 한 펑크 계열 바드들이 광장 중앙의 메마른 분수대를 사이에 놓고 소음 대결 중이었다.

  끼깅끼깅, 치앙— 꽥꽥—!

  "워어어어—! 일타삼피, 쇠를 가른다. 일타삼피, 쇠를 가른다— 일타삼피, 아바타르를 물 먹였네—!!"

"뿌셔뿌셔! 빠셔빠셔! 우워오오—!!"

으, 이 쉐이들이… 맛 간다, 맛 가.

어디서 맛 간 유저들만 몰려와 가지곤… 이보세요?

당신들이 지금 물 먹이고 부수는 건 나라니까… 에혀, 그래도 와서 놀아주는 게 어디야.

신경 끄자, 신경 꺼.

영지에서 한 사람의 유저라도 줄면 아쉬운 건 나니까.

그렇게 돌아서는데,

Lord

영지 내 남성호르몬 과다 검출!

'쯧쯧, 어딜 가도 노래가 넘치는데 남자들뿐이군. 삭막해…….'
바미안 영지의 남녀 비가 1兆:1로 남성이 절대적으로 많습니다.
성비 불균형은 영지의 발전에 큰 걸림돌로 작용하고 있습니다. 어서
빨리 여성 유저들을 유치하십시오.

나도 그러고야 싶지… 있는 남성 유저들도 흥미를 잃고 떠나는 마당에 그게 마음대로 되남.

"영주 레벨… 딜레마 덩어리."

그 때문에 NPC들을 만나러 나선 거지만.

성질 사납게 만드는 소음을 뒤로하고 상업 지구로 향했다.

바미안 영지의 내성 영주관 앞 광장 주변으로는 여느 영지처럼 상업 지구가 형성되어 있다.

30여 개의 자그마한 이층 상점이 옹기종기 정감있게 모여 있는 장소로, 선술집, 여관, 마구점, 수레 대여점 등… 있을 건 다 있다. 초저녁 무렵이면 일과를 마친 유저들로 한창 흥청할 때지만 퀘스트를 받으려는 죽돌이 바드들이 악악대는 소리만 울려 퍼질 뿐. 여하튼 미요를 앞세운 꽃 장사는 여전히 순항 중이란 게지.

"소음 만발에 남자만 바글… 분위기 썰렁이라. 빌어먹을, 이놈의 세계는 거저 먹는 게 없다니까."

지금 내가 향하는 곳은 선술집으로, 유저들을 일체 받지 않아 원성을 제일 많이 사고 있는 대표적인 장소다.

여기서 E&T 세계에서 선술집의 역할을 알아보자.

이 선술집에서 사냥을 마친 유저들이 맥주 한잔 들이켜면 활력이 충전됨과 동시에 피로도가 사라지게끔 시스템상 수치를 보정해 준다. 구체적으로 말해 센스 감도를 하루 중 게임을 처음 접했을 때의 감도로 리셋 해주는 것이지만, 유저들은 지친 뇌가 일시적으로 회복되는 것과 같은 느낌을 받는다는 것이지.

자연 유저들이 사냥을 나서기 전이나 나갔다 돌아오면 필수로 들러야 하기에 파티를 맺고 정비하는 약속 장소가 되었고, 그래서 나처럼 골든보이라는 친구도 사귀지만 가시 없는 장미 같은 원수를 맺기도 하는 곳이다.

그렇다, 매서커의 탄생은 선술집에서부터…….

건수의 요람!

그렇게 유저에겐 필수 불가결한 장소가 제 역할을 하지 않고 있다는 것.

나는 왁작한 소음이 새어 나오는 선술집 앞에 섰다.

선술집의 나무 간판엔 불로 지져 만든 검은 글씨로 '이 마을에 하나밖에 없는'이라 적혀 있었고, 이 오만불손한 간판 아래의 출입문엔 강시를 제어하는 부적처럼 문제의 문구가 붙어 있다.

유저 대륙인들이여, 들어와 봐라! 물도 못 얻어먹을 테니까.

빠직.

나 물 먹었다.

"늬들이 유저들을 떠나게 만들어놓고서도 웃고 떠들어? 너희들이 그러고도 NPC냐?!"

영주다운 넓은 아량으로 술 한잔씩 돌리며 달래려는 생각이 싸악 사라졌다. 벌컥 문을 박차고 들어섰다.

E&T에서 제공하는 귀족 복장으로 분한 내가 들어서자 왁

자지껄하던 선술집이 시선이 내게 쏠리며 일제히 침묵에 들었다.

한 켠에서 뒤늦게 나를 알아보고 내뱉은 말이 크게 장내를 울렸다.

"…영주님이다."

그래, 너희들을 고이 받아들인 그 영주님이시다.

영주에게까지 서비스를 제공하지 않으면 어떻게 되는지 두고 볼 요량이다. 나도 유저인이니.

나는 사오십 명의 NPC들이 지켜보는 가운데 중앙 빈자리에 턱하니 앉았다. 모여 있는 NPC들이 죄다 성인 남정네들이었다. 좋았어, 한 성깔 부리기엔 그저 그만이군.

'나로 하여금 본전 생각나게 만들었단 말이지? 너희들, 다 죽었어! 조용히 있는 사람 왜 건드려!!'

나의 이런 기세에 맞은편에 앉은 장인 차림의 중년인과 나뭇꾼 차림의 청년이 고개를 모로 돌렸고, 주변의 모든 시선은 내 입을 향했다. 그래도 선술집에 왔으니 우선 입가심부터.

"…맥주, 피쳐로!"

내 말이 무슨 말인지 못 알아들었다는 표정이 NPC들 사이에 번졌다.

뭐야? 여기가 엉이 마을이라도 돼?! 영어로 주문을 헤야 히는 거야?!!

'아항, 영주도 유저인이니 팔 생각이 없으시다?! 확실히 매

를 버는군.'

영주가 되면 뭐가 좋은지 아나?

영주권으로 상점을 폐쇄할 수도 있지만 영주성 내에서 대인 살상 스킬을 발현할 수 있는 유일한 존재, 즉 NPC를 소멸시킬 수 있다는 것이다.

매서커의 호통을 내질러 다들 10초간 얼어붙게 만들 수 있단 말씀. 마음을 모질게 먹자 풍성한 귀족 의상이 부풀어 올랐다.

고오오오—

나를 중심으로 검은 기운이 아지랑이처럼 몰려들었다.

'호감도? 집어치우라고 해! 모두 쓸어버리고 강제로라도 상점을 열게 하겠어. 폭군을 만든 건 너희들이야!'

이 심상치 않은 기세에 NPC들의 얼굴이 공포로 새하얗게 변했다.

"…으."

가까이 있는 NPC들을 중심으로 고통에 겨운 낮은 신음이 퍼져 나갔다.

그러기에 왜 날 열 받게 만들어!

오늘 이 순간 바미안 영지에 폭군이 탄생한다. 무화하하하—!!

스킬을 터뜨리려는 찰나, 다다다— 하는 빠른 발 소리와 함께 청량하고 발랄한 목소리가 울려 퍼졌다.

"피쳐, 특대로 나가요―!"

붉은 머리를 두 갈래로 땋은 날렵해 보이는 12, 3세가량의 소녀가 쪼르르 달려왔다. 손엔 어린아이 머리통만 한 나무 잔에 검붉은 맥주가 한가득 채워져 있었다.

잉?! 어린아이라니… 이 시간에 아이를 부리면 아동 학대 아냐? 빌어먹을 세계관은 아동 보호법도 몰라요.

음, 그런데 눈이 댕글한 게 무지 귀엽군……

붉은머리소녀는 거다란 녹색 눈을 돌망돌망 굴리며 조심스럽게 나무 잔을 내려놓았다.

매서커의 호통 스킬 발동은 잠시 유보하기로.

"영주님, 여기 대령했습니다. 제일 좋은 상급품을 따라 온다고 늦었어요."

"흠, 양은 정직하군. 맛은 있으려나?"

내 말에 소녀의 초롱초롱한 두 눈에는 불안초조한 빛이 역력했다.

거참, NPC 같지 않은 NPC들을 만들어 가지곤… 심난하게.

여하튼 가상의 먹거리지만 묵직한 나무 잔을 들어 시원하게 들이켰다. 꿀꺽꿀꺽. 효과음이 리얼하게 울렸다, 너무 크게 울려 민망할 정도로.

실제라면 단 한 번에 들이켜지 못하는 나지만 가상이니까 나름 통쾌하게 바닥을 비웠다. 그리고,

"크으―!"

CF 스타처럼 시원하다는 흉내까지 냈다. 동화율에 신경 쓰다 보니 행동 하나하나가 과장스럽게 변하고 있음이다.

맥주를 모두 비운 순간 머리에 미풍이 불어 시원해지는 느낌이 들었다. 감도 센스가 청량감을 느끼도록 나름 효과를 낸 것이다. 참 신기허이—

하나 맛을 못 느끼고 포만감도 없으니 시큰둥하게 품평할 밖에. 나 무지 골 났잖은가. 그리고 실제 위벽이 흡수하지 않는 먹거리엔 만족 못해!

"…싱거워."

"히잉……."

붉은머리소녀의 커다란 강아지 눈이 금세 울상으로 변하더니 자신이 죄를 지은 것처럼 안절부절못했다. 심통하게 한 마디만 더 하면 개오줌 같은 눈물이 떨어질 기세다.

아무리 NPC지만 꼬마 앞에서 더러운 성질 자랑하려니 맥이 풀렸다.

'뭘 말을 못해?!'

어쩌다 내 마음이 배추 속잎처럼 여려진 건지…….

'흐이구, 아이에다 여자… 이놈의 NPC들이 사람 심약하게 만드는 것만 연구했나. 아~ 젠장, 텄군, 텄어! 빌어먹을, 감성공학 같으니…….'

들어설 때의 마음 같아선 선술집을 뒤집어엎어 버리려 했는데 그 모진 마음이 30초를 가질 않으니… 어디 가서 화풀이를 하지?

'에이, 헉스의 대장간에나 가서 풀무질이나 근육이 터지도록 해야겠다. 뻗는다, 열이 뻗어―!'

길게 있어 좋을 게 없다.

나는 탁자에 실버 한 닢을 딱! 소리 나게 놓으며 일어섰다.

그러자 쨍그랑― 하는 효과음이 들리며,

Lord

첫 손님!

'유저인하곤 다신 거래하지 않으려 했건만… 그러나 첫 손님이 영주님이니 영광으로 생각해야겠군.'

완고한 선술집 주인 앗소가 유저 대륙인으로는 처음으로 당신을 손님으로 받았습니다.

이후 선술집은 유저인 손님들이 받을 것입니다.

지오님으로 인해 마을 상가 번영회 운영 규칙이 인해 깨졌습니다. 선술집 주인 앗소를 위로해야 할 것입니다.

어라?! NPC들끼리 보이콧 규칙을 만들어놓고 있었군. 그렇다면…….

나로 인해 규칙을 깬 선술집 주인은 쉽게 찾을 수 있었다.

주변 NPC들의 애매한 눈빛을 받고 있는 앞치마를 두른 배불뚝이 중년인이었다. 술집 주인다운 전형적인 캐릭터.

나는 그를 향해 정면으로 보고 섰다.

"주인장, 영주관으로 매일 맥주 한 통씩 보내주게. 대금은 요앞 형제 상점에서 치를 것이네."

"…예, 옛!"

Lord

뜻밖의 대량 주문.

'오옷―! 하루에 한 통이라고?! 건수가 크군. 셈도 정확하시고. 이 정도 주문이면 상가 친구들도 이해할 테지. 제일 먼저 치도곤을 당할 줄 알았는데… 이번 영주님은 귀족다운 데가 있으시다더니 정말이군.'

지오님의 주문으로 앗소의 친구들이 앗소를 부러워하기 시작했습니다. 지오님이 선술집 주인 앗소를 완벽하게 위로했습니다.

배달받은 맥주를 유저들에게 나누어 주면 선술집에서처럼 피로를 회복하는 효과를 발휘합니다.

가신단의 방문을 당신을 반기듯이 반길 것입니다.

이후 앗소에게 들르면 영주성 내에서 일어나는 잡다한 일상사를 알려 줄 것입니다.

보상:ШIZ 스탯이 1 올랐습니다.

오홍, NPC들로 하여금 유저인 첫 손님을 받게 만들게 하면 되는군. 그런 거였어.

'좋아, 날이 밝는 대로 NPC들이 열어놓은 상점을 방문해 쇼핑을 해야지. 내 영지의 특산물을 내가 쓰지 않으면 누가 쓰랴?!'

그렇게 생각하며 나가려는데 붉은머리소녀가 눈에 들어왔다. 나를 보던 불안한 얼굴이 선망의 얼굴로 변해 있었다.

잉?

Lord

짝사랑의 시작!

'유저인들의 흑발은 너무 아름다워… 눈도 작고 서늘하고. 영주님같이 쿨한 남자 없을까? 아잉, 나 영주님에게 반한 것 같은데 어쩌지… 몰라몰라.'

룰라는 사랑에 빠지기 쉬운 사춘기 소녀랍니다.

그렇습니다. 룰라는 당신에게 반한 거죠.

소녀는 대단한 수다쟁이로, 여행객과 모험가들을 받아들이면 소녀를 통해 다른 영지에서 무슨 일이 일어나고 있는지를 알려줄 것입니다.

소녀를 영주 직속 정탐꾼으로 받아들이겠습니까?

호곡!!

휘청, 순간적으로 다리에 힘이 풀렸다.

이봐! 고작 열두 살 남짓한 애에게 첫사랑이라니? 정탐꾼이라니?! 이 게임, 완존 산으로 가는구만.

나는 황급히 선술집을 나서야 했다. 붉어진 얼굴을 NPC들이 보진 않았겠지?! 막 문을 열고 나서려는데,

Lord

신사로서의 소양 의심!

'영주는 이 지역 최고의 신사 아닌가요?'

선망을 품은 소녀에게 말없이 나간다면 당신은 아주 냉정한 사람입니다. 당신을 반긴 귀여운 소녀에게 안부를 묻는 건 신사로서의 기본이죠. 소녀의 환상을 깨지 마세요!

협박까지?!

랑만 바드들이 설치더니 영지의 성향이 이렇게 변해도 되는 거야?

두 곰이 같으면 얼씨구나 하고 물고 빨진 몰라도 난 지극히 노멀이거든. 저 조숙한 꼬맹이 NPC가 지오 잡는구나!

그리고 아이를 정탐꾼으로 부리다니… 있을 수 없는 일이다.

전범 재판에 회부될 일 있남?

하나 발이 떨어지지 않았다.

우회적으로 말을 돌려야겠군. 어쩐다?

아항, 꼬마에게 어울리는 일감을 주면 되는 거지.

나는 최대한 산소를 들이켜고 침울한 표정의 룰라를 향해 돌아섰다. 룰라의 초록 눈은 실망과 기대감으로 어지럽게 소용돌이치고 있었다.

흐미, 무슨 인공지능을 미연시 인공지능으로 가져왔나?

"이런, 내가 실례할 뻔했군. 이러니 유저인들이 무례하다는 소리를 듣지."

"……"

"작은 숙녀의 이름은 뭐지?"

"…작은 숙녀, 아! 룰라예요, 영주님……."

룰라라는 소녀의 얼굴이 벌게져서는 눈을 내리까는 게 아닌가.

하얀 얼굴에 붉은 전등이 환하게 켜진 것 같군. 으, 내가 뭔 짓을 하는지. NPC야, NPC라고… 마음속으로 최면을 걸며 룰라에게 말을 걸었다.

"귀여운 이름이군. 룰라 양에게 부탁할 게 있어."

"제게요?"

"그래. 영주관 앞에 죽치고 있는 바드들에게 맥주 한 잔씩 돌려주었으면 해. 점심, 저녁 이렇게 두 번! 여하튼 영지의 손님들이니 영주로서의 손님 대접은 해야 하는 게 도리지 싶군."

"아!"

하루 중 바드들이 많을 땐 백여 명에 평균 사오십은 영주관 앞에 죽치고 있다. 그들에게 하루에 두 번 맥주를 제공해 활력을 충전케 한다 하니 선술집에 모인 NPC들의 눈들이 커다랗게 떠졌다.

'자, 보라고. 너희들의 영주는 이렇듯 배포가 크다네. 물론 지갑도 두둑하지.'

그리고 꼬마 아가씨에게 어울리는 일감이기도 하고… 역시 나의 잔머리는 아트다, 아트!

"물론 대금은 형제 상점에서 치를 거야. 점심 식사 시간에 한 번, 저녁 식사 시간에 한 번, 이렇게 두 번이야. 룰라 양이 직접 가능하지?"

"…예."

땡그랑! 동전 떨어지는 소리가 나며,

Lord

호감 가는 유저인.

'음, 유저인들은 서로 간에 의리없기로 소문났는데 우리 영주는 꼭 그

암, 내가 의리 하난 확실하지. 열 송이에 1실버 하는 백합을 사준 고객들에게 100잔에 1실버 하는 맥주 한 잔 정돈 대접하는 게 상도리지.

"좋아, 기진맥진한 쉿소리를 듣는 것보다는 이러는 편이 영지민들의 귀도 편할 거야. 그렇지?"

"…예, 맞아요. 목이 갈라진 바드들의 노래는 정말 듣기 고역이에요."

뚜당!

Lord

영지민의 고충 해소.

'좋은 노래도 하루이틀이지… 기진해서 부르는 바드들의 노랜 정말

듣기 고역이야!'

'나참, 이럴 줄 알았으면 왜 돌아왔는지 모르겠어.'

'이번 영주는 우리들에게 완벽하게 무관심하군. 쯧, 그러면 그렇지.'

지친 바드들의 메마른 노래로 영지민들의 짜증이 이만저만 아닙니다.

바드들이 좋은 음색을 내도록 적절한 조치를 하였습니다.

영지민들의 호감도 하락을 막았습니다. 늦지 않아 천만다행입니다.

이후 영지민들이 당신에게 고충을 은근히 털어놓을 겁니다.

보상:WIZ 스탯이 1 올랐습니다.

흠, 인공지능도 고역을 느끼는군.

"…그랬군, 진작에 신경 쓸 것을."

"예?"

"아니, 바드들이 늘어나도 인원수에 상관없이 맥주잔을 돌리라구."

"예, 룰라는 영주님이 시키신 대로 하겠어요. 꼭요."

좋아, 좋아. 여하튼 이 조숙한 인공지능을 떨구어낸 건가.

"든든하군. 오늘 여기 오길 잘했어. 꼬마 숙녀에게 사례로 매달 1실버를 사례하도록 하지."

"와, 1실버나……."

소곤소곤하는 효과음이 귓가를 간지럽혔다.

Lord

정탐꾼 생성!

'꺄아— 아이, 신나라! 영주님이 날 보고 꼬마 숙녀래. 한 달에 1실버까지 주시고. 영주님, 너무 멋져! 다음에 영주님을 만나면 무슨 이야기를 해드릴까?'

당신은 파격적으로 저렴하게 '꼬마 숙녀'라는 암호명의 영주 직속 정탐꾼을 두었습니다.

영지민 중 당신에 대한 호감도를 신뢰도로 전환한 영지민이 최초로 생겼습니다. 그녀가 하는 한마디 한마디를 헛으로 흘리지 마세요.

두말할 필요없는 소중한 존재!

미인계만 있으란 법은 없죠, 자신의 매력을 발산하십시오.

팁:…이슈타르 여인들은 솔직하고 내숭이 없으니 의외로 잘 먹힙니다.

정탐꾼이 생성되고 말았다. 우째서?!

'커흑, 그것도 짝사랑하는 꼬맹이 정탐꾼이라니……'

끙, 뭐 있나? 그냥 가는 거지. NPC는 NPC일 뿐이니까.

자칭 정보 담당인 미요가 이 사실을 알면 나에게 저주를 퍼부울지 모르는데… 아, 미요는 유서들의 동향을 파악하는 거였지.

한데,

영주 레벨이 올랐습니다. 영주 레벨 11이 되었습니다.

영주 포인트 1ㅁㅁ이 부여되었습니다.

오옷— 며칠 동안 오르지 않던 영주 레벨이 올랐다.
잘생긴 게 영주 레벨을 올리는 데 보탬이 될 줄이야.
인정 못한다고—?
그건 나만 인정하면 되는 거다.
어허, 인공지능이 인정한 매력이다. 우짜라고.
나 이렇게 살기로 했다. 말리지 마.
…이제 어디 가서 이 매력을 뿌리나?

Act 07
쿤두즈의 특사

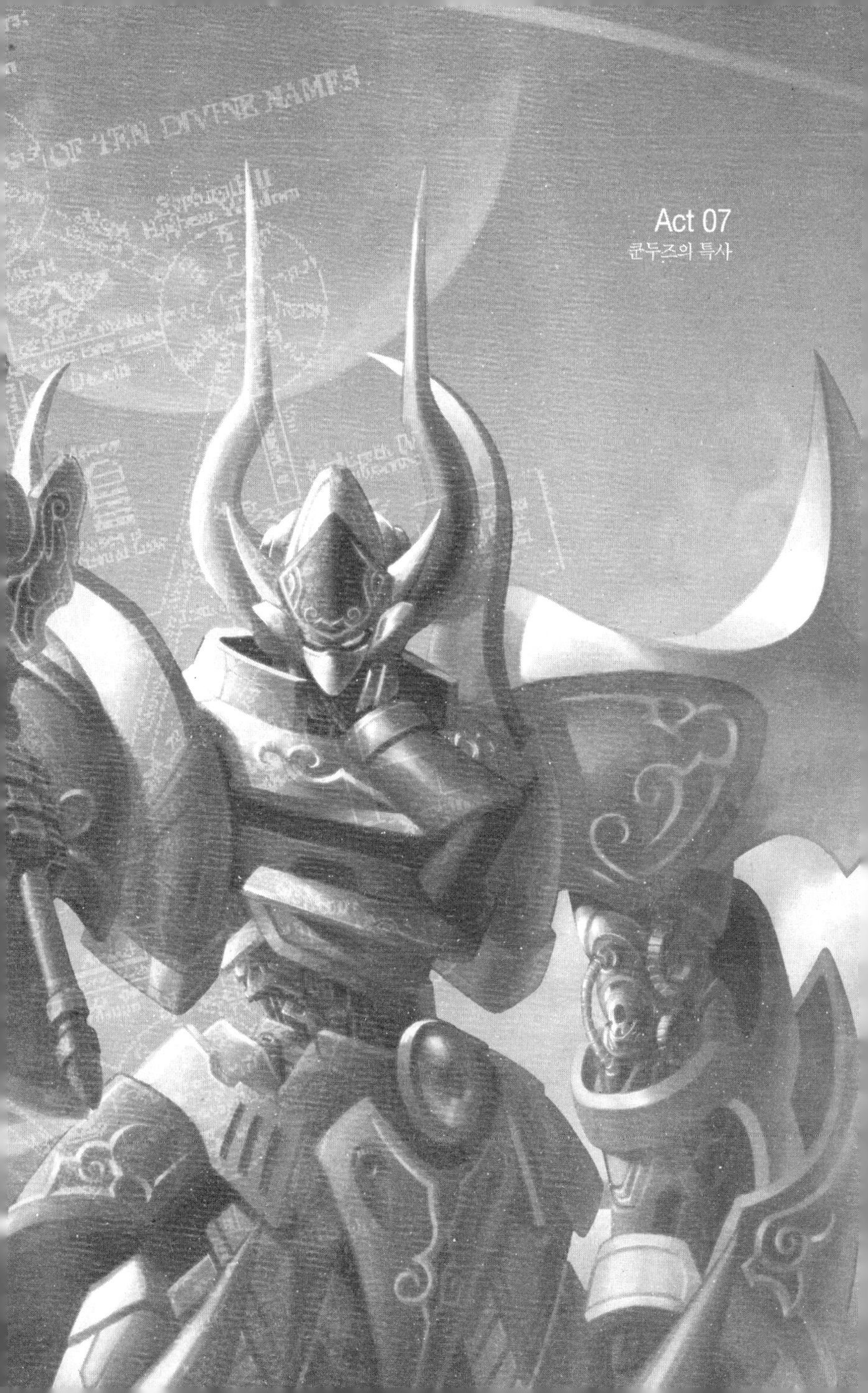

機甲戰記

Massacre

기갑전기 매서커

"안녕하세요, 안녕하세요."

나는 다음날 마치 벼락 유세에 나선 선거 입후보자처럼 NPC들이 운영하는 가게를 돌았다.

무엇을 취급하고 어떤 서비스를 제공하는지 파악은 되었다만 이들을 통해 살 것도, 의뢰할 일거리도 마땅치 않았다.

게다 다들 얼어붙은 얼굴로 90도로 넙죽 인사를 받았기에 그 이상의 대화는 이루어지지 않았다.

"아무래도 거창한 귀족 싱장을 하고 돌아다니니 말을 건네기가 어려운 걸 거야."

건성건성 아무 물건이나 선심 쓰듯이 사들여도 되지만 그건

내 스타일이 아닐뿐더러 특정 성과로 이어질 것이라는 확신이
없어 그만두었다. 유저들의 행동 패턴을 꿰고 있는 E&T엔 무
성의한 반복 행동은 통하지 않게 되어 있어서다.

플레이도 일종의 성의(?)가 필요했다.

그렇게 마음을 먹었는데 피시식 바람 빠지는 소리가 울리며,

Lord

게으른 영주.

'이제야 영주성을 시찰하다니……'

영지성 내 상인들은 그동안 보여준 당신의 무관심에 크게 낙담한 상
태입니다. 모험가를 상대로 퀘스트를 발생하기엔 역부족입니다.

단 한 번도 세금을 걷지 않았기에 다행히 호감도는 줄진 않았지만 글
쎄요……

보상:영지성 내 상가 지도와 상인들과 취급하는 물품이 일목요연하게
나타납니다.

팁:호감도를 신뢰도로 전환하는 순간, 영지 내 상업 활동과 실업율이
생성됩니다.

…게으르다고라?

NPC들에게 찍혔구나, 그래서 한동안 영주 레벨이 오르지

않은 거야. 그렇다면 다른 수가 있다.

내게 영주인 매서커만 있는 게 아니거든.

유세(?)를 마치자마자 나의 지오들을 대거 투입했다.

영주 직속의 가신단이면서도 나 자신인 바로 그들 말이다.

메이지 지오로 화한 나는 제일 먼저 시약상에 들렀다.

시약상은 모험가들을 상대로 수집 퀘스트를 제일 많이 발생시키는 곳이다. 당연히 모험가들에게 선술집 다음으로 원성이 자자하다.

'자, 어떻게 나오나 볼까?'

"영주관에서 나왔습니다. 메이지 지오입니다."

"…어서 오십시오. 주인 고드렘입니다."

마지못해 나오는 인사로, 턱이 뾰족한 신경질적인 인상의 안경노인이 보는 둥 마는 둥 맞이했다. 어감엔 왜 왔느냐는 느낌이 더 강하게 다가오는 건 나만의 착각일까?

제법 정중히 인사를 건넸건만… 빠직, 절로 이마에 힘줄이 도드라졌다.

'재수없는 NPC같으니…….'

그는 조금 전 내가 영주로 방문했을 때 얼굴을 땅에 두고 있어 나갈 때까지 말 한마디 나누지 않았다. 그 태도가 영주인 나를 어려워하는 것인지 보이콧 대상인 유저인이라 외면하는 것인지 알 수 없는 모호한 태도를 보여주었다.

지금 메이지 지오는 얼굴을 축 늘어진 후드로 가린 상태라 누가 보더라도 영주의 흔적은 찾을 순 없다.

시약상 주인은 로브의 가슴치에 새겨진 왕관을 쓴 붉은 곰 문장을 안경을 비스듬이 기울여 새초롬한 눈으로 쳐다보는 중이다.

로브 왼편 가슴에 새겨진 왕관을 쓴 붉은 곰 문양은 영주의 가신임을 알리는 상징.

그런데 이 눈빛엔 분명 문제가 있다.

'정말 당신이 영주의 가신이 맞냐?' 는 그런 태도인지, 아니면 능력도 없는 자가 영주와의 친분으로 가신단에 든 게 아니냐고 조롱하는 태도인지, 아니면 둘 다인지 모호한 뉘앙스를 담고 있었으니.

그런 느낌을 NPC가 전달할 수 있다는 것에 솜털이 다 곤두섰다.

한 대 쥐어패 주고 싶은 욕망이 울끈불끈, 동화율 급상승… 아니, 분노 게이지가 오버 플로 상태로 치닫게 만들었다.

'우째 내 영지의 NPC들은 NPC로서의 소양이 안드로메다 급인지.'

인정하자, 모험가들이 떠날 만한 거다.

재수없음의 극한을 체험케 하다니, 정녕 이것이 NPC란 말인가?!

아차차, 이건 순혈전사 매서커가 아니고 고매한 지성의 메이지 지오나.

진정하는 데까지 3초간의 침묵이 필요했다.

내가 냉정함을 찾자 고드렘은 호오— 하는 감탄사를 토해냈다. 추방 권한을 가진 영주가 아니니까 이것들이 막 대하는군.

'으— 끓어오른다.'

NPC 가운데 구타 유발 고수가 있다면 바로 이 NPC가 차지하리라. 그렇게 나오겠단 말이지… 좋았어!

'수집 퀘스트를 발생시키지 않겠다면 내가 퀘스트를 주지. 영주의 가신들은 그 정도 권한은 있단 말씀.'

"필요한 시약이 있소."

"끙, 세금은 없다더니 영주가 웃는 낯으로 다녀가자마자 가신단을 보내 마각을 드러내는군. 징발입니까?"

뭣이라? 마각?! 나참, 착취만 당하고 살았나?

'릴렉스… 의문에 응해서 대화의 주도권을 빼앗길 필욘 없지. 메이지 지오는 나름 고매한 지성인이잖아.'

네가 그런 식이라면야 나 역시 약 올리기로, NPC답게 나가기로 했다.

"쯧쯧, 어디 가져갈 거나 있나. 가게 꼬락서니하곤……."

"…뭐, 뭐요?! 당신, 내 가게가 어쩌고 어째?!"

나는 안경노인의 발악을 무시하곤 시약 가게의 진열장을 주르륵 둘러보았다.

유리 용기에는 시약들이 빼곡하게 들어차 있었고 진열도

규모가 작다 뿐이지 분류가 수준급. 이 정도면 대도시의 중급 시약상 정도는 된다.

'어라, 유리 용기! 이 정도 물량을 어디에다 쟁여놓았지? 흠, 비밀 창고가 어딘가에 있다는 말. 게이트를 통해 물품을 받는 것도 일이고 일일이 분류하기도 귀찮았는데… 거, 잘되었군.'

기쁜 속내완 달리 나는 무지 바쁘다는 듯 빠른 명령조로 말했다.

"영주님의 배려를 전하러 왔소이다."

"끙, 배려?! 여기 있는 게 전부다. 가져가려면 가져가라—!"

안경노인이 메마르게 외쳤다.

"거참, 성질 급하긴. 여기 시약 목록 389가지와 소요 수량이 적혀 있소이다. 종류대로 다 마련하라는 말은 않겠소. 이런 구멍가게의 한계는 뻔하니… 챙길 수 있는 대로 챙겨 형제 상점에 가져다주구려. 대금은 이동 게이트가 연결된 니하르 시약 길드 고시 가격의 90% 선에서 쳐드릴 것이오. 손님 없이 파리 날리는 가게에 대한 영주님의 배려요."

역퀘스트를 날렸다.

Quest

영주님의 배려요—!

'일단님이 요청한 시료 수집에 분류, 저장 관리는 귀찮은 일이군. 수련할 시간도 빠듯한데다 게이트는 다른 물자를 수송하기도 벅찬 상태… 응? 영주성에 이렇게 뛰어난 시약 상점이 있었다니… 오옷— 시약 상인의 관록이 심상치 않아!'

영주님이 고드렘, 당신의 실력을 단번에 파악하셨습니다.

목록의 시료를 유리 용기에 넣어 형제 상점에 가져다줘 가신단의 수고를 덜어주자.

보상:손해 볼 일 전혀 없다. 오히려 적정 수익 이상임.

팁:무료한 영지민을 보조원으로 고용해도 상관없다.

벌칙:전혀 없다. 단지 영주가 당신을 찾지 않을 뿐.

　상인으로서 주변 평판이 깎이겠죠.

"…잉?!"

안경노인의 입이 쩌억 벌어졌다.

안경노인이 부들부들 떨며 낮게 말했다.

"…이건 조건이 파격적이야."

암, 이 몸이 바로 파격 덩어리, 그 자체!

'자, 일거리는 주었다. 이제 어쩔 테냐? 이 고약한 구타 유발 NPC.'

나는 돌아서며 로브 소매의 먼지를 신경질적으로 툭툭 털며 지나가듯이 말했다.

"영주님이 너그러운 분이라 이 정도 일거리를 만들어주는 것이니 성심을 다해야 할 것이오."

"…알겠소. 대도시 고시 가격에 90%라면 일할 만하지."

유저를 상대로 개척촌에서 매집 가격이 대략 60% 선이고, 이런 오지 영지의 경우 70%면 많이 쳐주는 것이다. 그런데 90%를 제시했으니 NPC도 눈이 돌 만했다.

돈질에 NPC도 장사없다.

'흐미, 내 돈!!'

"이슈타르 인들은 돈 앞에 자존심이 없다더니… 우리 또 보지 맙시다. 그럼."

"…잠깐!'

"왜 그러슈?"

"기한은?'

"없소이다. 형제 상점이 있는 동안은 계속 매입해 줄 것이오. 나 같으면 이때 한몫 잡겠소."

"…아, 알겠소. 영주님께 큰 일감을 주셔서 이 늙은이가 감사해한다고 전해주시구려. 그리고……."

"그리고?'

"메이지 지오님이 이 늙은이 때문에 불편했다면 사과하리다. 점원들을 모두 내보낸 상태라 그랬다오."

"…영주님의 배려에 보답하시면 그것으로 저에 대한 사과는 된 것입니다."

"최선을 다해 물목을 확보하리다. 그리고 이건 변변치 않지만 인사입니다."

　그러자,

Lord

타락 직전 상태의 삐침이 구제.

'넘쳐 나는 재고를 감당할 수가 없어… 매입만 해놓아서 손해가 막심해. 그런데 영주는 김 빠진 맥주만 사들이다니. 제길, 한탕하고 떠나버려? 아냐, 아냐. 아직 그럴 순 없어.'

고드렘은 옹졸하고 편협한 시료 상인으로, 유저인에 대한 반감이 이보다 큰 영지민은 없습니다.

'아앗, 이건 이권이 크다, 커! 이제야 숨통이 트이는구나, 트여…….'

수집한 시료를 팔 기회를 놓쳐 창고가 터져 나갈 지경이었는데 당신이 그를 위기에서 구한 것입니다.

이후 고드렘은 바미안 영주를 은인으로 여깁니다.

보상:영주와 가신단에 한하여 1ㅁ% 가산해서 시료를 구입할 것이며

　　1ㅁ% 할인해서 시료를 팔 것입니다.

　1ㅁㅁ개들이 포션 가방 1개, 시료 보관 유리 용기 2개.

팁:유랑민 중 사기꾼에 대한 정보를 가지고 있습니다.

　'흐흠, 안경노인이 꼬일 대로 꼬인 이유가 있었어.'

NPC들도 유저와 마찬가지로 경제 활동을 한다. 주로 게임 내 인플레이션이 일어나지 않도록 하는 게 이들의 역할이다.

그러다가 자신이 맡은 역할을 수행치 못하면 '타락'을 하게 된다. NPC도 인간처럼 타락하게끔 인공지능이 잡혀 있다.

타락!!

그 타락의 전형적인 경우가 유저들에 대한 비하와 시비, 심한 경우 유저들 속이거나 재산을 강탈하기도 하고, 고의적으로 극악 퀘스트를 알선해 던전 고혼으로 만들어 버리기도 한다.

그렇게 범죄를 저지른 NPC는 수배자가 되어 유저들의 헌팅 이벤트 제물로 제공되며 종국엔 붙잡혀 인공지능으로써의 삶을 마감한다.

설명은 길었다만 제 역할을 못해 타락한 상업 NPC의 사기꾼으로의 전락은 순식간이란 말씀. 그렇다면…….

'가만, 이거 심각하다. 고드렘의 경우 아바타르들이 점거하는 동안 경제 활동을 몇 달간 전혀 못했어. 하루 평균 천 건의 거래를 하는 시료 상인이라면 참을 만큼 참은 것이고, 사기를 쳤다 하면 초대형 사기가 터질 수도 있었던 거잖아. 이크크.'

비약이 심하지만 아바타르들이 왜 NPC들을 몰아냈는지 설명이 되는 부분. 관리하기 귀찮으니 죄다 추방한 것.

'다른 NPC들도 악덕 상인 아니면 사기꾼으로 전락할 위험이 있다는 거잖아. 우잉, 그러면 내 영지의 NPC들이 작당하고 단체로 사기라도 치는 날이면… 뜨헉! 이러고 있을 때가 아니당.'

나머지 지오들로 하여금 마을 NPC들의 상점에 투입해 용역을 발주하고 물건을 주문하는 식으로 그들에게 역퀘스트를 부여케 했다.

호감도만 믿고 느긋하게 있을 게 아니였어.

Quest

영주님의 배려요―!
화살 장인은 화살을 만드는 족족 형제 상점에 가져오시구려. 화살의 구매 단가는 니하르 사냥꾼 길드 고시 가격에 준해 지불할 것입니다.

"아, 얼마 만에 받아보는 대량 주문이란 말인가. 마누라, 우리 밤을 새웁시다."

Quest

영주님의 배려요―!
대장장이는 고철을 녹여 4킬로그램짜리 철괴로 만드세요. 철괴는 개당 3실버에 형제 상점에서 일괄 구매토록 지시해 놓았습니다. 단가가 약하다고요? 그럼 니하르까지 가서 그 가격에 팔아보던지.

"쩝, 나에게 고철이 산더미처럼 쌓여 있었는데, 이참에 처분하면 그저 그만이군. 이 징그러운 먹보 자식놈들아! 웃통을 벗어젖히고 오랜만에 따땃하게 불 좀 쬐자꾸나— 카카카—!"

Quest

영주님의 배려요—!
가죽 장인은 여행자용 가죽 외투 1벌을 만들어 형제 상점에 납품하십시오. 이후 형제 상점에서 주문한 가죽 제품을 만들면 됩니다. 가죽 재료 정도는 알아서 구하세요!

"이런이런, 어쩌지? 가죽이 없는데… 재료를 빨리 구하려면 유저인들을 고용하는 수밖에 없는데… 이 일을 어쩐다……."

Quest

영주님의 배려요—!
재단사님, 튼튼한 셔츠 1ㅁㅁ벌이 필요합니다. 바미안 영지를 방문한 기념품이죠. 단, 붉은 곰 문장을 옷깃에 동전 크기로 새겨야 해요.

음, 그런 걸 주문자 상표 부착 방식이라 한다고요? 좋아요, 주문자 상표는 '레드 홀'입니다.

"잉? 촌스럽게 상표가 '레드 홀'이 뭐야? 아무리 주인장 마음이라지만 마음에 안 들어. 귀족 성장 정도는 나도 멋들어지게 만들어 드릴 수 있는데… 뭐, 이 참에 실력 발휘를 해서 나의 엘레강스하고 바로크틱하며… 거, 또 뭐더라… 아무튼 보여주는 거야. 오홋홋—"

Quest

영주님의 배려요—!

여, 목수들! 상업용 창고를 긴급으로 세 채 건축하도록! 공기를 줄이면 추가적 보상이 있을 거야. 영주는 그런 면에선 화통하지. 건자재 구매? 형제 상점에서 외상으로 구매하고 공사 대금에서 정산하도록 이야기를 맞췄네.

"창고라… 이봐, 친구들! 잘만 하면 성벽 수리도 맡길지 모르니 우리 실력을 확실히 보여드리자고—! 연장들 풀라우—!!"

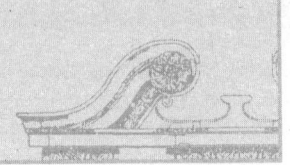

Quest

영주님의 배려요—!

......

"영주님이 마을을 순찰하자마자 이런 일이 벌어지다니… 아차차, 이러고 있을 때가 아니지. 똘똘한 친구들을 어서 빨리 고용해야지. 바쁘다, 바빠."

헥헥, 동시에 퀘스트 폭탄을 선사했다.

거부할 수 없는 퀘스트에 NPC 상인과 장인들은 입이 귀에 걸렸다. 오랜만에 재신이 강림한 것이니까.

NPC만 퀘스트를 부여하란 법은 없다. 이게 바로 '영주님의 배려' 판 뉴딜 정책이 아니고 무엇이랴.

'숫자에 약한 것들 같으니… 무화하하—'

그렇지만, 벗뜨!

> 비축한 화살 재고가 1,ㅁㅁㅁ발이 일시에 들어왔습니다. 매서커 지오님의 구좌에서 1ㅁㅁ실버가 인출되었습니다.

호곡!!

비축한 철괴 3백여 개가 입고되었습니다. 매서커 지오님의 구좌에서 ㅁㅁㅁ실버가 인출되었습니다.

아악!!

…인출되었습니다.

크헉ー!

연속 크리티컬 히트가 작렬했다.

인출 러쉬!

형제 상점에 예치한 내 구좌에서 돈이 술술 빠져나갔다.

평균 한 시간에 100실버씩 빠져나가다니… 아직까지는 파편 무구가 시간당 벌어들이는 돈으로 커버를 하고 있다만 언제 그 비율이 역전될지 알 수 없는 거다.

금액 단위가 남다른 토목공사와 건축 공사를 발주해 놓고 있잖은가.

워낙 계획없이 굵직굵직한 퀘스트를 벌여놓았기에… 잘못하면 파산할 수도 있다. 아니나 다를까, 생각이 끝나기가 무섭게,

레드 홀의 사료 값으로 12골드가 인출되었습니다.

악—! 골드 단위 인출이라니!!

'이 미련 곰탱이가 내 지갑을 거덜내려고 작정을 했구나.'

두 달 만에 찾은 레드 홀은 단단히 토라졌다. 눈을 부라라며 무얼 던져 줘도 먹지 않는 것이다.

충성도는 고사하고 테이밍이 풀리기 직전이다.

그렇다고 영지의 마스코트를 방생할 순 없다.

고렙의 사냥감이 될 게 뻔했고 그간 들인 공이 얼마였던가.

그 덕에 마을 NPC 대표인 사냥꾼 노인에게 몬스터 사체를 구해오게 퀘스트를 주었다.

일명 '레드 홀의 입맛을 돌려라!' 퀘스트.

그런데 그 비리비리한 노인네가 도대체 어떤 몬스터를 잡아왔기에 12골드씩이나 빠져나간단 말인가.

진짜 악! 소리 났다. 흐미, 내 돈!

'엘프 좋고 드워프 좋은 퀘스트를 단시간에 만들긴 그만큼 어려운 것이야. 숫자에 약한 건 나였어…….'

*　　　*　　　*

사람, 아니, NPC 비위 맞추기도 여간 어려운 게 아니다.

거창한 말로 빛이 있으면 어둠이 있는 법.

물건을 만들고 용역을 의뢰해도 불만있는 NPC들이 다 사라진 건 아니었다.

유랑민, 범죄자를 상대로 무슨 퀘스트를 줄 수 있단 말인가.

난 엄연히 양지의 인간이므로 음지의 인간(?)들에 대한 배려는 관심 외로 치자.

한데 양지에 있으면서 재화나 특정 용역을 제공치 못해 소외된 계층이 있었으니, 그들은 바로… 스킬 마스터!

NPC 선생들이었다.

이들은 NPC들에 대한 영향력이 만만치 않다. 입으로 먹고 사는 직업군이 으레 그렇듯이.

스킬 마스트로 의심되는 NPC들에 대한 대책을 세우려고 골머리를 정성 들여 굴리고 있는데 낯선 방문자들이 영주관을 찾아왔다.

"쿤두즈 영지의 외교 사절입니다. 이것은 저희들의 신임장입니다."

4인 중 대표로 보이는 인물이 두루마리 문서를 건네왔다.

어디 보자…….

이들은 근육질의 몸에 갖가지 해골 장신구들이 덕지덕지 붙은 갑옷을 걸친 자들로, 전형적인 기사 겸 네크로맨서 캐릭들이었다.

"음, 쿤두즈 영지. DK길드라……."

두루마리를 받자 영주창에 쿤두즈에 대한 정보가 떴다.

Lord

모양새는 시비 걸러 온 불량배와 진배없지만 그 시비도 궁금한 게 나다.

"외교 사절을 받아들입니다."

'거참, 사이좋게 지내라는 말인데… 눈앞의 사절들은 전혀 그런 생각은 없는 표정들이니.'

쿤두즈 영지는 바미안 영지의 오른편에 위치한 영지로,

'나크 나이트' 길드가 선점한 영지였다. 나에겐 쿤두즈 영주가 누구이든 의미없다. 문제는 DK길드와의 나와의 궁합인 것이다.

'미요의 정보가 이럴 땐 요긴하군.'

Lord

귀부인의 수다.

'길드 규모 서열로 따지면 이십위권 밖이지만 길드원끼리의 유대는 세 손가락 안에 꼽을 정도로 끈끈해요.'

DK길드라고 알려진 이 길드는 전통적으로 네크로맨서와 같은 마이너스 정신 계열의 캐릭들이 모인 단체로, 길드원 수 5천에 달하는 대형 길드.

개인적인 판단으론 고약한 이웃이 될 가능성이 농후합니다.

흐음, 그렇다는군.

'오호라, 기억이 났어.'

이들은 매달 정기 모임이 파한 후 '시체들의 밤'으로 불리는 좀비 행진을 주최했는데 인터넷 방송에 소개될 정도로 유명했다. 간단하게 좀비들을 도시 중심가를 가득 메우게 해 행진시키는 것으로 자기들끼린 재미있을지 모르지만 민폐도 그런 민폐가 없는 것이다.

행사가 지나간 다음 길바닥에 너저분하게 흩어진 눈, 귀 같은 사체 부스러기를 누가 치울 것인가.

하나 민폐 덩어리란 선입견을 지우고 4인의 사절을 물끄러미 바라보았다.

'우리집에 왜 왔니, 왜 왔니, 왜 왔니―'

사절 중 장작개비 같은 체형의 인물이 나섰다.

네크로맨서, 그 자체인 캐릭이다.

"사절 대표인 뼈다인입니다."

"반갑습니다. 편하게 말씀하십시오."

"바미안 영주님의 활약을 멀리서 지켜볼 수 있었습니다. 당시 저희는 반아바타르 연대에 속해 출병한 상태였습니다."

"오, 그랬군요."

아항, 아바타르를 상대로 싸우셨다?! 혹시 동맹 제의?!

한데 이 뼈다인이라는 자의 눈가와 입가에 걸린 조소가 마음에 들지 않아.

"바미안의 영주님께선 여전히 아바타르와 항쟁 중임을 잘 알고 있습니다. 한 달 영주라 공공연하게 불린다는 것도……."

"한 달 영주라… 글쎄요."

'이 작자가 지금 뭐 하자는 거야?!'

이 뼈다인이라 소개한 사절 대표는 과연 한 영지의 외교 대표의 자격이 의심스러울 정도로 겸손한 것과는 거리가 멀군.

"단도직입적으로 제안하겠습니다."

"해보시구려."

나는 자세를 삐딱하게 틀어 앉으며 뼈다인들을 내려다보았다.

영주의 단상은 앉은 자리에서 상대를 굽어볼 정도는 된다.

"음, 저희 DK길드가 바미안 영지를 보호해 드리겠습니다."

"보호?! 영지 간의 동맹이 아닌가요?"

"동맹이란 대등할 때 맺는 것이죠. 지금의 바미안은 저희의 보호를 받을 때인 것 같습니다."

"허허, 보호라, 어떻게 보호해 준다는 건지 들어나 봅시다."

'제길, 이건 시비 걸러 온 무뢰배와 진배없지 않은가.'

뼈다인은 그러면 그렇지라는 표정으로 자신만만하게,

"그렇습니다. 영지전 때 병력을 파견해 드리겠습니다. 우리 DK가 바미안 영지 뒤에 버티고 있다는 것만으로도 아바타르는 순순히 물러날 것입니다."

"자신감이 과하군요. 아바타르는 길드원 3만의 초거대 길드입니다."

"그럴 수밖에 없는 이유가 있지요. 현재 한국 E&T는 Part 2로 이행하지 않은 상태입니다. 즉, 골렘의 이공간 봉인 설비가 한국 E&T엔 미구현 상태입니다."

"......!"

골렘을 일일이 오너가 탑승해 필드를 횡단해야만이 전장에 투입할 수 있다는 말. 그래서 내가 아바타르들이 점령한 클로즈 필드에서 간단하게 축출할 수 있었던 것이고.

"그렇습니다. 아바타르가 전장에 골렘을 동원하려면 무조건 육로로 손수 이동시켜야 한다는 겁니다. 아바타르가 동원할 수 있는 골렘의 수가 아무리 많아도 전력의 반도 채 투입할 수 없는 거죠."

"……."

"이웃인 저희 쿤두즈 영지를 지나지 않고는 그들이 영주전에 투입할 수 있는 골렘의 수는 여섯 기가 채 되지 않으리라는 겁니다."

"여섯 기라… 그래도 여전히 막강하군."

"어쨌든 이미 저희 DK길드는 바미안 영지의 방패 역할을 일부 맡고 있는 셈인 건 사실이죠."

"그건 서로 마찬가지인 것 같은데요."

"에?!"

뼈다인은 '뭐, 이런 놈이 있냐'는 얼굴로 날 올려다보았다. 사실이잖은가.

"그쪽은 한 개 방면의 아바타르를 막고 있지만 저는 세 개 방면의 아바타르를 막고 있습니다. 저의 바미안 영지가 아바타르들에게 한 달 뒤에 넘어간다면 쿤두즈도 그리 쉽게 발전하진 못할 것 같은데요."

"허허허, 역시 한 지역을 차지할 정도의 배포는 되십니다. 그러나 모르시는 말씀!"

"……?"

"현재 저희와 아바타르는 적대 관계를 중지하고 중립을 체결한 상태!"

"참, 쉽게 싸우고 쉽게 화해하는군."

"조직이란 게 감정만으로 움직이는 게 아니죠. 길드끼린 그런 거죠."

"……."

'조직을 위해서, 조직이기 때문에, 조직의 일원으로, 빌어먹을 조직론 같으니… 온갖 비열한 짓거리의 면죄부지. 흥!'

"그래서 우리 쿤두즈 영지가 아바타르들의 이동을 묵인한다면 바미안 영지는 총 열여덟 기나 되는 강철거인을 대동한 대병력을 상대로 싸워야 한다는 겁니다."

"이미 각오하고 있습니다."

"그러시겠죠."

나와 뼈다인 사이에 사나운 눈싸움이 있었다. 그러자,

Lord

미숙한 영주!

'말은 끝까지 듣고 판단하세요.'

외교 사절을 상대로 적의를 드러내다니… 당신은 아직 외교의 기본을
모르는군요.
외교 사절을 축출하면 이웃 영지와 그 즉시 긴장 관계에 듭니다. 외교
사절을 죽일 시 바로 그 즉시 전쟁 상태에 들며 당신에게 페널티가 부
여됩니다.

"……!!"

끓는다, 끓어.

"…좋습니다. 그럼 DK길드가 바미안을 보호해서 얻고자
하는 바가 무엇인지나 들어봅시다."

"흐흐, 간단합니다. 이게 그 목록입니다."

쿤두즈 영주의 보호 조건.
1. 바미안 영지의 외교권 일체.
2. 영주성 내를 제외한 던전 발굴권과 클로즈 필드 운영권.
3. Part 2 이행 후 발굴될 골렘의 50% 양도.
4. 파편 무구 중 하나를 양보할 것.

"……!!"

뭐냐? 이건 들어줄 만한 게 아무것도 없지 않은가.

서류 속에 칼만 들어 있지 않았지 이런 강도가 어디 있나.

받아들이는 즉시 쿤두즈 영지의 식민지나 다를 바 없다.

'이놈의 자식을 그냥―!'

꽉 움켜쥔 손잡이가 바르르 떨렸다.

나의 분노에 영주관 내 공간이 팽팽하게 팽창했다.

> 매서커의 위기 감지!
>
> 상대가 소환을 준비 중입니다.

이어 네크로 지오가 따로 감지한 저들의 소환 정보를 알려
왔다.

> 스켈레톤 워리어 48마리, 블러디 구울 12마리, 본 트롤 8마리, 본
> 오우거 4마리가 소환 대기 중입니다.

"……!!"

이들을 둘러싼 지오들이 선방을 날려 저들을 쓸어버리는
것은 1렙 토끼 잡기다.

하나 그렇게 되면 전쟁 선포나 마찬가지.

반대로 저들이 먼저 공격 행위에 들면 DK길드 전체에 페
널티가 부여된 상태에서 나와 전쟁 상태에 들게 된다. 아바타
르 길드원들이 나에게 쩔쩔매는 이유가 별게 아니다.

파편 무구도 대단했고, 그와 더불어 페널티도 한몫했다.

30레벨 차이가 그냥 상쇄되었던 것이다.

'DK길드는 거부할 수밖에 없는 조건을 가지고 왔다. 과연 너희들이 진정 원하는 것은 도대체 뭐냐?'

뼈다인의 해볼 테면 해보라는 야비한 미소가 보였다.

'오호, 아바타르들보다 먼저 선수를 치시겠다? 내 화를 돋궈 페널티를 부여받게 만들어 영주전을 벌이시겠다? 그런 거야?!'

출병 명분!

뻔히 의도를 알고서야 싸울 수는 없지.

숨 한번 크게 들이켰다.

"이런이런, 접견실 한가득 뼈 무덤이 생기겠군. 본 트롤에 본 오우거라 나중에 보도록 하죠."

"허허, 소환물을 바로 간파하시다니, 뛰어난 네크로맨서를 수하로 거느리셨군요."

뼈다인은 네크로 지오를 가소롭다는 듯이 흘겨보고선 말을 이었다.

"여하튼 저희 길드원들이 피 흘리고 싸울 대가로 이 정도는 되어야 한다고 생각합니다만……."

말은 그렇게 했지만 팽팽한 긴장감은 그대로였다.

내가 먼저 웃었다. 차갑게.

"…참으로 조건이 만만치 않습니다그려."

"솔직히 인정합니다. 하지만 길드원 5천 명과 관련된 협상 아닌가요?"

"그런가요?"

"영주님이 영주 자리를 지킴으로써 얻을 수 있는 경제적 이익을 생각한다면 충분히 감내할 수 있는 조건. 참고로 어딘 가의 영주는 NPC만 잘 다스려서 매달 3백만 원의 수익을 얻고 있다 그러더군요."

"……."

"이 바미안 영지가 저희의 보호로 안정화된다면 바미안 영지는 그에 비할 바가 아닌 게죠. 흐흐, 전 솔직히 영주님이 부럽습니다. 희대의 행운아라고 생각합니다."

"행운아라……."

"Part 2로 이행만 하면 이 영지는 매달 기천만 원의 수익을 낼 수 있다는 것이 대다수의 계산이거든요."

"허허, 기천만 원이라… 듣고 보니 내가 행운아군요. 좋습니다."

"……?!"

아무리 그렇다 해도 그럴 리가 있나.

나는 분노를 누그리고 냉정하게 자세를 고쳐 잡았다.

"답은 언제까지 드리면 됩니까?"

"……!"

"넉넉히 주시구려. 친해지는 데 시간만 한 게 없으니."

뼈다인이 농료들과 고개를 끄덕이더니,

"…공식 영주전이 시작되기 일주일 전까지입니다."

"좋습니다. 신중히 고려해 보도록 하죠."

내가 보여준 의외의 침착한 반응에 뼈다인은 어깨를 으쓱하며 김 빠진 미소를 지었다. 나머지 3인도 이게 아닌데라는 표정으로 자신들이 의도한 목표가 실패로 돌아갔음을 시인했다.

"허허, 그동안 오고 가고 할 것 없이 영주성 내에서 기다리겠습니다."

"좋을 대로 하십시오."

"우리에게 일종의 연결 퀘스트도 있고 해서 이곳 바미안 영지의 던전을 이용할 수 있도록 허락해 주십시오. 물론, 영주관 내부에 있는 유료 던전을 이용하자는 건 아닙니다."

E&T가 제공하는 히든 클래스 류의 던전을 말함이다.

건조하게 대답했다.

"허락합니다. 계시는 동안 즐겁게 플레이하시고 원하는 성과가 있기를 바랍니다."

"그럼 기다리겠습니다."

뼈다인은 제법 예의를 갖춘 인사를 하고는 일행을 이끌고 사라졌다.

"윤지오였으면 니들 다 죽었어, 매서커니까 참는 거야ㅡ!"

참기는 잘 참긴 한 것 같은데 기분은 드러웠다.

'내가 그렇게 만만하게 보인단 말이지… 흥, 좋아! 꼬투리만 잡혀봐라. 뼈다인인지 뼈다귀인지 진국으로 징하게 우려주겠어.'

Act 08
데스 메이드

機甲戰記
Massacre
기갑전기 매서커

"이것들이 지하에서 무슨 짓거리를 하고 있는 거야?"

외교 사절을 감시하기엔 마이너스 정신 상태인 네크로 지오가 제격 아니겠는가.

한데 그들은 의외로 조용했다.

일주일간 지켜보았는데 그저 그랬다. 또 다른 시비를 걸어 올 줄 알았는데 의외였다.

늘 감지 범위 내에 있었고, 주로 깊은 지하에서 움직이고 있었다.

그냥 일반 유저처럼 자신의 아이템을 이용해 그들만의 던전 문을 열고 직업 퀘스트를 하는 것이다.

여하튼 그 덕에 동화율 향상에 전혀 진전이 없는 네크로 지오로 화해 움직이는 시간이 많아졌다.

나름 팬(?)도 생겼다.

그 팬이 모기 기어가는 목소리로 나에게 말을 걸어왔다.

"…잠시만."

"……!"

'어라, 이 할머니가 웬일로 말을 거네?

네크로 지오만 주구장창 따라다니는 기묘한 NPC가 있었다.

아니, 이 노파 NPC는 따라다닌다기보단 항상 일정 거리를 유지하며 감시하듯이 지켜보는 것이었다.

답답한 흑갈색 로브를 푸욱 뒤집어쓴 채 갈색 나무 뿌리 지팡이에 몸을 의지한 땅에 붙을 것마냥 허리가 굽은 노파다.

평소엔 테이머 지오가 관리하는 형제 상점에 야생화를 팔러 와선 거래만 하고는 돈만 챙겨 그냥 가는 식이어서 별로 마음에 들지 않는 NPC 중 하나다.

게다가 지오 중 한 캐릭터를 정해놓고 늘 따라다니며 지켜본다고 생각해 보라. 얼마나 찜찜한가.

혼내줄 필요가 있었다.

무시하고 서 있다가,

"저에게 무슨 할 말이 있습니까?"

짜증을 가득 담아 홱— 돌아섰다.

노파는 깜짝 놀라 물러서며 고개를 들었고, 순간 후드 음영에 가려져 볼 수 없었던 노파의 얼굴을 볼 수 있었다.

"……!"

'허업, 백설공주에게 독이 든 사과를 건네준 마녀가 이 노파지 싶군. 일곱 난장이들, 여기 마녀가 나타났어요―!'

한쪽 눈은 부풀어 올라 튀어나올 것 같았고, 다른 한쪽은 비대칭으로 처져선 흐물흐물 처진 피부에 덮혀 있다. 턱 끝에 닿을 정도로 굽은 매부리코엔 혐오스러운 돌기들로 가득 차 있었으니… 얼굴이 흉기가 아니고 무엇이랴.

'NPC지만 참 기구하게 만들어졌구나.'

노파는 얼른 고개를 후드 꼭지가 보일 때까지 숙이며 기어가는 목소리로 우물쭈물거렸다.

"저… 그게……"

"…말씀하세요."

목소리는 노파답지 않게 젊고 깨끗하잖아?

우잉? 이가 상당히 언밸런스한데… 괜히 미안하게시리.

노파에게만큼은 최대한 부드럽게 말해야겠다는 마음이 들었다. 그렇게 알지 못하는 인력에 끌려 정중함에 자상함까지 듬뿍 담아,

"영주님에게 바라는 바가 있으신 것 같은데 저에게 말씀하십시오. 최선을 다해 도와드리겠습니다."

"…네크로 지오님을 주욱 지켜보고 있었습니다."

"에?"

"영주님의 가신으로서가 아니라… 어둠의 길을 걷는 동료임을 느꼈기 때문입니다."

"동료?"

노파는 사마귀가 우둘두둘한 손을 움직여 긴 수인을 맺었다.

'죽음은 인간이 단 한 번 겪는 질병일 뿐이다.'

그녀는 그렇게 자신이 네크로맨서 클래스임을 밝혔다.

나는 고개를 끄덕이며 똑같이 수인을 맺어 보여주었다.

"뭐, '죽음은 질병일 뿐이다'라는 말을 신봉하고 있으니 같은 길을 걷는 동료라는 말은 맞겠죠. 그래서요?"

"죄송하지만 저를 믿고 잠시 도와주었으면 합니다."

"흐흠, 저의 어떤 도움이 필요하십니까?"

"그, 그게……."

"시원하게 말씀하십시오. 클래스를 걸고 비밀 엄수 서약을 하라면 하겠습니다."

나의 진지함에 노파는 잠시 말을 잇지 못했다.

까짓것, 하드 코어 상태에서 죽은 유저들의 사체라면 넘치고 넘친다. 몇 구 정도는 연구용으로 넘겨줄 의향도 있다. 네크로맨서니까.

"괜찮습니다. 그러니까……."

"전 바쁩니다. 빨리 이야기하지 않으시면 그만 가보겠습니다."

실제로도 다급했다.

쿤두즈 외교 사절단의 기척이 완전히 사라져 버렸기 때문이다. 어, 이들이 지하에서 어디로 간 거지?

"아니, 그게… 영주님의 피를 이 비이커에 한가득 담아주셨으면 합니다."

"……."

뭐, 뭣이라?!

방금 내가 뭘 잘못 들은 거 아냐?

이 노파가 분명 나보고 헌혈 좀 해달라고 그러는 거지?

'유저들의 사체도 아니면 사과 좌판이라도 만들어줄까 했는데… 이거 영 엉뚱하잖아? 기가 막히는군.'

하여튼 이놈의 네크로맨서 클래스는 NPC까지도 엉뚱한지…….

내가 노파를 지그시 내려다보자 노파는 떨리는 목소리로 대답했다.

"…영주님의 피를 어디에 쓸 것인진 묻지 말아주십시오."

"허……."

용도도 알려줄 생각도 없으시다?!

그러면서 영주의 피를 한 바가지나 받아달라?!

강력한 저주용으로 쓸 수도 있잖은가?

완전 미쳤구만!

노파도 말이 안 되는 부탁임을 알기에 고개를 숙인 채 내 발끝만 쳐다보았다. 무거운 침묵이 흐르고……

'에라~ 그래, 생피 뽑아달라는 것도 아닌데 채워주지. 저주? 그래, NPC가 거는 저주가 미요가 걸어둔 저주만 할까.'

숨 한 번 크게 들이켜고,

"알겠습니다. 영주님의 피가 필요하다 그랬습니까? 채워다드리죠."

"아―"

나는 고개 숙인 노파의 흉측한 손에 들린 투명한 유리 용기를 받아 들었다.

자연 노파의 손이 내 손과 닿았다.

찌르르―

뭐가 알 수 없는 따뜻함이 손끝을 타고 가슴속까지 전달되며 시간이 정지한 것 같은 착각에 빠져들었다.

그것은 노파도 마찬가지인 듯 손끝이 부르르 떨렸다.

죽음의 전이.

당신은 죽음의 전이를 통해 노파의 삶이 얼마남지 않았음을 확인했습니다.

동화율이 33%에 달합니다.

어리? 무슨 짓을 해도 28%를 넘지 않는 네크로 지오인
데……

뭐지? 이런 경우는? 에이, 몰라!

이래서 네크로맨서 클래스가 싫다니까.

나는 약속 시간과 장소를 정하지도 않고 등을 돌려 영주관
으로 걸어갔다.

네크로 지오가 나타나면 노파가 알아서 따라붙을 테지.

물건은 필요한 사람이 지켜 서서 기다리는 거니까.

'피 좀 뽑아주고 귀찮은 NPC 하나 떼어내면 그것도 수지
맞은 거지. 생피 뽑는 것도 아니고… 암.'

여하튼 별 희한한 NPC도 다 있군.

그런 부탁을 들어주는 유저가 더 이상하다고?

나도 왜 이러는지 몰라ㅡ!

*   *   *

따끔!

'으, 암만 가상이라도 내 피를 내가 뽑게 될 줄이야……'

하지만 노파를 도와주어야겠다는 마음이 드는 건 어쩔 수
없었다. 곤경에 처한 유저를 돕는다는 느낌이랄까.

잠시 잠깐이지만 노파의 눈빛엔 그만큼 절박함이 서려 있

었다.

여하튼 매서커 지오의 피를 노파가 건네준 유리 용기에 담아 일어서려다 뽑는 김에 듬뿍 더 뽑았다.

아무리 자기 몸뚱이라도 왜 그러냐고?

노파의 로브 안에 빈 유리 용기가 여럿 있는 걸 보았다.

분명 더 필요하지만 선뜻 내밀지 못한 것이다.

두 번 세 번 찾아오게 할 바에는 한 번 수고할 때 끝을 내는 게 깔끔하다. 그렇게 계속 체혈을 하고 있는데,

"어? 지오야, 피는 왜 뽑고 그랴?"

"아, 형 왔어? 그런 일 있어. 와우— 그새 레벨업했구나. 추카—!!"

"움햐햐, 이제 곧 60 찍는다. 미리 장비 챙겨놓으려고."

막 중렙 지대에서 사냥을 마치고 게이트를 타고 돌아온 큰곰이었다. 그의 몸에선 뜨거운 열기가 무럭무럭 일고 있었다.

두 형제 나름의 밀리터리 캐릭을 열심히 키우고 있는 것이다.

"무슨 일인지는 모르겠지만… 너, 빈혈 생기겠다."

"에혀, 그러게요. 영주하기가 만만찮네요. 돈은 돈대로 솔솔 빠져나가 억울한데 시비꾼이 오질 않나, 이번엔 웬 NPC가 피까지 뽑아달라네요."

"크흠, 심상치 않은데… 영주의 피가 어디에 필요하겠어? 시동 물질 또는 매개체로 필요한 거야. 그 피를 매개체로 고

약한 지주라도 걸면 어쩌려고?'

"이보다 더한 저주 상태가 어디 있습니까?

나는 그렇게 말하며 한쪽을 턱짓으로 가리켰다.

그곳엔 한껏 귀족 성장을 한 차림으로 금장 의자에 각을 잡고 앉아 있는 나와 그런 나에게 몸을 살짝 기대며 서 있는 우아한 귀부인 차림의 미요가 그려진 그림이 있고, 그 그림을 벽에 붙이려고 끙끙거리고 있는 나의 지오들이 보였다.

대충 그런 귀족 성장 차림의 그림 시리즈가 벽면에 이미 여덟 개째 부착되었고, 그림의 크기는 점점 커져 가는 중이다.

두 사람이 액자 모퉁이를 붙들고 끙끙거릴 정도랄까.

"아유~ 오른쪽으로 틀어졌다니까. 왜 그렇게 힘들이 없어요—? 유서 깊은 응접실로 인테리어하게 힘 좀 써보라고요."

애는 내가 낳는데 소리는 미요가 지르고 있다.

큰곰이도 미요를 피해 얼른 고개를 돌렸다. 미요에게 붙들리면 하루 종일 부역에 시달려야 했기에. 큰곰이는 수차례 붙들려 시달렸던 기억이 살아나는지 몸을 부르르 떨었다.

그후 큰곰이는 미요에 대한 환상이 싸그리 달아났다 했다.

물론 말로만.

"…그건 그렇지. 부러워했는데 직접 겪어보니 재앙도 저런 재앙이 없지. 지오야, 고생해라. 나 캐릭 키우러 다시 살란다."

큰곰이는 얼른 미요를 피해 다시 들어온 케이트를 통해 달아나려 뒷걸음질치며 물러났다.

'어허, 그렇게 할 순 없소이다.'

"와우, 큰형님! 대단합니다!! 어깨에 근육이 허벌나게 붙었어요. 이 탱탱한 근육! 형님이 키우는 '럼버 나이트', 기대가 큽니다."

"아얏! 조용히!! 크읍, 지오, 네가……."

헤헤, 늦었습니다. 이미 미요가 형님을 돌아보았습니다그려.

나의 지오들을 해방시키려면 이 수밖에 없어서 말입니다.

"캬흥─ 큰곰이! 딱 걸렸어. 여기 비실이 지오를 대신해 물건 좀 옮겨야겠어. 거기 있는 보스 체어를 저쪽 방에다 옮겨주고, 음… 아무튼 한 시간만 가구 배치하게 이리 와욧!!"

"커흡, 아니, 미요. 어제도 했는데 또 할 게 있어?"

"레이디 살롱에서 이 영지를 지켜내는 대로 모두 초대하기로 했단 말이에요. 그때 썰렁하면 얄보인다고요. 영지의 안주인으로서 지오 오빠를 얄보이게 할 순 없다고요."

욧욧욧─ 말도 빠르기도 하지. 이에,

"지오, 지오, 지오 오빠─! 도도한 네가 빠져도 어떻게 그렇게 빠질 수가 있냐?! 이 비쩍 마른 명태 같은 녀석이 어디가 믿음직하다고?"

"시끄러워욧! 곰이 오빠가 저에게 레이디 칭호를 달아줬어요? 그리고 명태라니요? 후리늘씬한 고양이라면 모를까. 빨리 그 흉측한 도끼 내려놓고 이리 오라고욧—!!"

"싫어, 못해! 내가 왜 해!!"

"흥! 에로 곰탱이— 내 사진 몰래 찍어서 블로그에 올려서 퍼뜨렸잖아욧—! 가슴 깊이 파인 사진, 장당 얼마에 팔았다더라?"

"호곡!! 크, 아, 알았어……."

저런저런, 가뿐하게 찌그러지는 큰곰이.

쓸데없이 몰카를 들이대더니 결국은 제 발등 찍었군.

미요는 잘록한 허리에 한 손을 걸치고 다른 한 손으로 손가락을 까닥였다. 등 뒤로 검은 아우라가 후광처럼 일었다.

고개를 푹 숙인 큰곰이가 스치듯 지나가며 작은 목소리로 으르렁거렸다.

"지오… 너, 두고 보자……."

"미인의 부름을 영광으로 여긴다면서요. 과연 형님이 진정한 신사십니다요. 이만 전 바빠서요."

"오옷, 소름 돋도록 얄미운 놈."

"므화핫—"

'삐쩍 마른 명태라고? 저에게 미움받으시면 스탯 포인트 수여는 없습니다, 홍~ 입니다.'

나는 재빨리 지오들을 우르르 이끌고 미요의 넌선(?)화 작업장에서 빠져나왔다.

등 뒤로 손을 흔들어 보이는 미요.

"한눈팔다 걸리면 주거어—ㅅ."

"……."

절레절레.

미요가 나를 위하는지, 아니면 누구를 위한다고 저러는지는 몰라도 이미 영주관은 SS급 던전으로 변모하는 중.

"영접실은 영주관의 꽃이에요. 그러니까 모던하면서 클래식한 멋을 살려야 해요. 그래서 실크 벽지도 주문했답니다. 그로테스크하면서 아방가르드하게……."

뭘 알고 하는 말 같지는 않다. 우쨌든— 미요에게 붙들리면 몸도 고역이지만 귀도 고역인 것이다.

막 나서려는데,

Lord

영주관다워지다.

'삭막하던 영주관이 멋지게 변모했습니다.'

그림, 가구, 커튼, 화병… 고가의 물품들로 영주관이 영지의 주인이 거주하는 공간다워졌습니다.

영지민들은 영주관에 들인 치장에 놀라워합니다.

영주로서의 위신과 체면은 사소한 것에서부터 생겨나는 겁니다.

당신은 최소한의 위엄을 갖추게 되었습니다.

잉? 영주 레벨이 오르다니…….

'이놈의 E&T는 돈을 바르면 그 보답은 확실하군.'

그런데,

"꺄악― 레이디 레벨이 올랐어."

레이디 레벨? 오호라, 미요에겐 그런 게 있었군. 어쩐지 돈을 바르더라. 쓥.

"어쩜, 몰라몰라. 이제 루비 장신구 세트로 치장할 수 있다네― 아이 좋아라― 골든보이 오빠에게 달래보자."

저런저런, 움직이는 보석상이니 골든보이도 앞날이 훤하구나.

"좋아, 기념으로 이번엔 당구대를 주문해야겠네. 랄랄~"

"아악!! 당구대라니… 그걸 누가 옮긴다고?"

"작은곰이 오빠에 헉스님에 골드보이 오빠까지… 남자가 얼마나 많은데."

"지오야, 미요 좀 말려줘!!"

나는 아주 정중하게 답해주었다.

"마른 명태론 검은 고양이를 이길 순 없습니다."

"헉! 속 좁은 놈."

"전 이만."

'미쳤어요? 자기 좋아서 돈 들이는데 그걸 왜 말려요? 에로 곰탱이—!'

피 뽑아 씁쓸했는데 좀 그나마 위안이 되었다.

*　　　　*　　　　*

역시 노파는 기다리고 있었다.

"여기 영주님의 피를 가져왔습니다."

'이거 내 피라고욧! 빵하고 우유는 주실 거죠?'

"저, 정말 이게 영주님의 피란 말입니까?"

"그렇습니다. 무슨 이유에선지 몰라도 영주님이 혼쾌히 피를 뽑아주시더이다. 그리고 여기 세 병 더 있습니다."

"아—!"

"영주님은 그런 분이십니다."

"…감사하시게도."

"그럼, 좋은 연구 성과가 있길 바랍니다."

나는 노파에게 피를 건네주자마자 등을 돌렸다.

얼굴을 생각하면 도와주고 싶은 마음 싸악 달아나지만 애잔한 목소리를 들으면 무슨 최면에 걸린 것처럼 더 도와주고 싶은 마음이 생겨서다.

'피를 구했으니 살과 뼈를 달라고도 할 수 있는 것이지.'

"…네크로 지오님, 잠깐만."

"……"

그냥 가야 하는데 이 알 수 없는 인력이 가미된 목소리에 돌아서고야 만다.

"휴우, 어떤 도움이 필요하십니까?"

"내가 영주님의 피를 어디에 쓸지 궁금하지 않으세요?"

"왜 궁금하지 않겠습니까? 그러나 선물할 때는 자신의 제일 소중한 것을 하는 게 의미있다는 게 영주님의 생각이십니다. 저도 동의합니다. 하물며 선물받은 물건으로 무엇을 하든 알려 하고 간섭한다면 선물의 의미가 없는 거지요."

"영주님의 피가 선물인가요? 한 번도 본 적 없는 저에게 왜?"

"유저인들로 인해 이슈타르 인들이 많은 고통을 당하고 있는지 잘 알고 있습니다. 영주님은 초보 모험가 시절 이슈타르 인 대장장이로부터 전수받은 기술로 위기를 번번이 모면하실 수 있었습니다. 그때 대장장이는 영주님을 전혀 모르는 상대임에도 도움을 베풀었습니다. 이슈타르 인의 배려라는 것은 그런 것이더군요."

"……"

노파는 고개를 끄덕이며 이슈타르 인의 덕성에 대해 공감을 표했다.

"이곳은 누가 무어라 해도 이슈타르 대륙, 영주님은 이슈

타르 인으로서 자신이 할 수 있는 도움을 건네주신 겁니다. 도와주려면 바람없이!'

"아—!"

"그럼 답이 된 것으로 알고 그만 가보겠습니다."

"아뇨, 잠깐."

"이렇게 자꾸 불러세우시면 그 피를 어디에 사용하는지 알고싶은 마음이 커진다는 걸 생각하셔야 됩니다. 저도 상당히 호기심이 많은 편입니다."

"그래서입니다. 영주님의 피를 어디에 사용하는지 직접 보시길 바랍니다."

"그래도 괜찮은지?"

"유저인은 호기심밖에 없죠. 따라오세요. 마을에서 유일한 같은 클래스인 당신에게는 제가 무슨 일을 하는지 알려 드려도 될 것 같군요."

말이 끝나기가 무섭게 그그극 하는 뼈 가르는 소리가 나며,

Quest

죽음의 시녀.

'…계속 졸립구나. 나에도 죽음의 질병이 찾아오려 하고 있음인가. 누군가는 내 뒤를 이어야 하는데… 이곳의 어느 누구도 나와 이야기

하려 들지 않아.'

노파는 자신을 산파로 소개하며 근례에 바미안 영지로 흘러들어 왔습니다. 노파의 이름은 쉴라, '데스 메이드'입니다.

자신이 섬길 '데스 로드'를 찾아 떠돌다 지친 네크로맨서 클래스 마스터입니다.

곧 쉴라에게 죽음의 질병이 찾아오겠죠.

'네크로맨서! 그, 그런데 유저인이잖아? 어쩌지? 할 수 없어, 나의 스킬 트리를 그가 과연 이으려 할까? 어쩌면 이게 운명이지 싶어. 유저인 네크로맨서여, 나의 말을 들어줘… 제발!'

어느 누구도 쉴라의 스킬 트리를 이으려 하지 않습니다.

쉴라의 '망령의 통로'에 대한 공부는 대도시 클래스 마스터들을 능가하지만 다른 네크로맨서로서의 스킬은 함량 미달이기 때문이죠. 쉴라는 당신이 스킬 트리를 이어주길 바라며 당신을 초대했습니다.

그녀가 당신에게 제일 처음 가르칠 스킬은 '산파 입문'입니다. 배움의 초대에 응하시겠습니까?

산파 입문!

노파에게서 느껴지는 절박함의 정체는 감이 오는데 산파 입문이라니… 나원, 네크로맨서가 언제부터 애를 받았지? 하지만,

"…그, 그러죠."

원래 비인기 클래스인 네크로 지오다.

네크로 지오가 스킬 트리를 이어 클래스 마스터로서 첫걸음을 디뎠습니다. 축하합니다.

스탯 포인트가 2 주어졌습니다.
스킬 포인트가 2 주어집니다.

그래도 '망령의 통로' 라는 스킬에 접근하기 위해선 애 받는 것부터 배우기로 했다.

망령의 통로? 무슨 네크로맨서 스킬인지 모른다. 단지,

'한가했는데 잘되었군.'

실제 네크로 지오가 이 영지에서 제일 비호감에 할 일 없는 캐릭이라 쉴라의 제안을 받아들인 것이다.

참고로 지오 캐릭 중 테이머 지오가 NPC들에게 인기 짱이다.

테이머 지오, 킹왕짱!

호감 가는 건강하고 화사한 얼굴에 영지민들이 건사하지 못했던 애완동물들을 모두 불러들여 안겨준 장본인. 지금은 흩어진 가축까지 찾아주고 있다.

레드 홀과의 실갱이를 할 때면 영지민들이 구름처럼 몰려들어 응원한다. 아, 물론 레드 홀을.

그 때문에 가신단에 대한 호감도를 최고로 끌어올리는 데 일조한 캐릭이다.

그에 비해 네크로 지오는 쉴라와 비슷하게 경원당하고 있었다. 낮에 나가면 회색 피부에 파랗게 비치는 실핏줄로 인해 나 자신이 섬뜩함을 느낄 정도니 일반 NPC들은 오죽하겠는가.

어느 정도냐면 울음을 터뜨리는 NPC 아이가 있을 정도.

그나마 밤에 나서면 E&T 특유의 붉은 달빛을 받아 제법 아름답다. 섬뜩한 아름다움이라 해야 하나.

'에혀, 마을 NPC들의 비위를 맞추기 위해 피 뽑아, 애 받는 것 배워… 별짓 다 한다, 다 해.'

노파는 내 생각을 아는지 모르는지 지팡이를 똑각거리며 자신의 거처로 안내했다.

"좋아, 유저로서 NPC 클래스 마스터 뒤를 이어보실까."

'건강한 대한민국의 아버지가 되는 과정이라 생각해야지.'

그런데 망할 시비꾼들은 도대체 어디로 사라진 거여?

*   *   *

노파가 안내한 곳은 영수관 뒷편의 섬은 부활의 석판이 자리한 신전이 있는 장소였다. 거, 있지 않은가. 일단에게 속아 게이트를 타고 떨어진 판테온을 연상시키는 건물 말이다.

영주가 되자마자 건물 안에 자리한 부활의 석판부터 딴곳으로 옮겼지만 왠지 돌아보기 싫은 장소.

"저곳에 거처가 있습니까?"

"아닙니다. 계단 아래에 제 거처로 사용하는 장소가 따로 있답니다."

"아!"

쉴라는 신전으로 향하는 계단 아래 음습한 공간에 거처를 마련해 놓고 있었다.

허리를 숙이고 들어선 실내는 겉보기완 다르게 넓었고, 모든 살림살이가 육각형을 이룬 한 공간에 갖추어져 있었다.

그리고 그 어디에도 노파가 네크로맨서임을 짐작케 하는 물건은 없었다.

'평범하군, 어디에 비밀 공간이 있지 싶은데…….'

멀거니 서 있는데 노파가 불이 이글거리는 화덕에 손을 밀어 넣는 게 아닌가.

치익—

"크읍—"

"……!"

쉴라의 신음과 동시에 철컥 하는 쇠붙이를 잡아당기는 소리가 났고, 한면을 가득 채운 찬장 모서리가 덜컹 하며 열렸다.

웅크려야만이 들어갈 수 있는 크기의 검은 공간이었다.

"…이리로."

"아, 손이?"

"괜찮습니다. 제법 이력이 붙었답니다. 알려 드리죠. 화덕이 식은 상태에선 아무리 장치를 잡아당겨도 열리지 않는답니다."

"……!"

'앗 뜨거!!'

상상하기도 싫었다.

노파는 장치를 작동시킨 손을 소매 속에 급히 집어넣으며 앞장섰다.

찬장이 열리며 나타난 공간은 지하로 이어져 있어 생각보다 높이가 있어 상체를 숙일 필요는 없었다. 그러나 지하로 이어진 계단은 나선으로 돌아 내려가는 방식으로 되어 있어 그 깊이를 가늠하기 못할 정도로 짙은 어둠에 잠겨 있었다. 난간은 당연히 없었으며, 계단 폭은 성인 남성이 벽면에 어깨를 기대야 할 정도로 좁았다. 아슬아슬.

제법 겁준다.

'영지에 이런 곳이 있었다니… 떨어지면 죽을까?'

휘이이잉—

지하 깊숙한 곳에서 싸늘한 바람이 올라와 로브를 휘감아 올렸다.

'흐음, 네크로맨서 클래스는 꼭 호러물 같은 분위기만 연출해요. 테이머의 정원같이 좀 밝으면 덧나?

노파는 내 생각을 읽기라도 했는지,

"그리 깊진 않답니다. 한 108미터 정도? 자, 저를 따라 이리로."

"아, 예."

'뭐야, 그게 그거지. 100미터에서 떨어져도 살면 그게 사람이야? 어디 보자… '클래스 마스터의 전용 공간으로 영주가 초대받아 발로 디딘 구역에 한하여 건물 구조도가 생성되어진다' 라. 게다 이런 곳이 영주성에 몇 개 더 있군. 클래스 마스터들이니까 그렇겠지.'

매서커의 영주창을 열고 있으면 네크로 지오도 지금처럼 참고할 수 있었으니 이런 걸 '리얼 공유' 라 하겠다.

어쨌든 앞장선 쉴라가 벽면에 붙은 조명석에 마나를 불어넣으며 길을 밝혀 내려갔다. 내가 지나가면 조명석은 다시금 어둠에 잠기는 것으로 보아 더도 말고 덜도 말고 앞길만 밝힐 정도의 마나만 부여했음이다.

"마나 분배가 정밀하십니다."

"메이드니까요."

"그, 그렇군요."

'이 노파를 미요의 메이드로 들였다가는 난리가 나겠지. 나름 판타스틱하지 싶은데…….'

"다 왔습니다. 이곳입니다."

노파가 들어선 곳은 벽면에 딸린 빈 공간이었다. 이런 공간은 이미 몇 개나 지나쳤는데 제대로 카운터 하지 않아 몇 번째 공간인지 머리에 담아두지 않았다. 단지 노파가 밝힌 조명석의 갯수만 헤아려 놓았다. 딱 열두 개째 조명석을 밝힌 다음에 들어선 공간이다.

입구에서 약간 밀어냈다가 끌어당기는 느낌이 들며 내부로 들어설 수 있었다.

그렇게 입장하면서 머리에 약간 띵한 느낌이 들다 사라졌다.

이런 현상은 클래스 전용 공간을 들어설 때 일어난다.

오직 네크로맨서 클래스를 걸친 유저만이 받아들여지는 공간.

나이트면서 네크로맨서인 유저는 받아들여져도 나이트면서 엘레멘탈 리스트인 유저는 입장이 불허된다.

"여기부터가 전용 공간이군요."

"클래스 전용 공간이라… 어떤 면에서는 그렇게 볼 수도 있겠군요. 다른 클래스는 단연코 용납하지 않는 공간이니."

"아닌가요?"

"이곳을 발견하고 열 수 있던 것은 순전히 운이였습니다. 선 난지 소용히 사라실 무넘을 찾았을 뿐이었는데……."

들어선 공간 벽면엔 반듯하게 누운 사체들이 가득 차 있었는데 그들은 그들이 살아생전에 입었던 가장 아름다운 복장을 하고 있었다.

"이곳은?"

"고대인의 쉼터랍니다."

"쉼터?"

"유저인들의 단어론 공동묘지겠군요. 고대 이슈타르 인들 가운데 일부는 죽음을 질병으로 여겼습니다. 그래서 이곳은 죽음을 치유할 수 있는 방법이 발견될 때까지 잠시 쉬고 있는 휴식 장소로 만들어진 거죠."

"그럼 이 지하 계단을 따라 만들어진 공간 내부엔 전부 사체들로?"

"그렇습니다. 한 공간에 평균 천여 구의 사체가 있으니까 최대 이만여 구에서 최소 팔천여 구의 사체가 이곳에서 질병이 치유될 날을 기다리며 휴식을 취하고 있는 셈입니다. 원래 사체라는 표현을 쓰면 안 되지만 유저인인 당신에겐 그 표현이 익숙할 듯해서⋯ 그럼."

"⋯⋯."

동화율이 뚝뚝 떨어지는 게 느껴지는가?

네크로맨서 클래스가 이래서 싫다. 전혀 공감할 수 없는 스킬 트리에 비상식적인 스킬 습득 과정을 거치는 것도 모자라 한 가지 호기심을 풀려면 이만여 구의 사체가 통조림처럼 쟁여져 있는 황당한 장소가 기다리는 식이니⋯ 동화율 급전직하.

'지하 도시 하수구는 양호한 거였어⋯⋯.'

나는 네크로 지오에겐 미안하지만 이 캐릭을 봉인하는 것을 신중히 고려하지 않을 수 없었다.

아무리 가상이라지만 공동묘지 담력 시험하는 것도 아니고⋯ 사체에 둘러싸여 있다고 생각해 보라. 스킬을 습득하고 성장시킬수록 그 정도는 심할 터.

"좀 더 안으로 들어가야 합니다."

"에, 예."

나는 노파를 따라 사체들이 돔을 이룬 공간을 계속해서 나아가야 했다. 조명이 없어도 네크로맨서 전용 공간에 완전히 들어서인지 주변 전경이 환하게 들어왔다.

'내 피를 도대체 어디에 사용하려는 것인가?! 제길, 소름 돋은 것 좀 보게.'

사체들로 채워진 길은 계속 이어졌고 서서히 짜증이 나려 했다.

마침내 막다른 벽면에 섰다. 사체가 재여 있지 않은 유일한 벽면이었다.

쉴라는 등나무 지팡이로 그 벽면을 톡톡 두들기며 중얼거렸다.

"데스 메이드 쉴라, 주인님의 흔적을 쫓아 여기까지 찾아 왔습니다. 지금 들어가려 합니다. 허락해 주십시오."

그륵.

벽면에서 둥근 홈이 파인 벽돌 하나가 튀어나왔다.

"응?"

쉴라는 로브 속에서 피가 든 유리병을 꺼내 그 홈에 몇 방울 떨구며 뒤돌아 보지 않은 상태에서 설명했다.

"고대인이 구축한 바미안 영지의 마법진은 모두 영주의 신물에 반응하게 되어 있답니다. 영지 표석에 영주의 이름을 기입하는 순간, 영지의 모든 것을 지배하게 되도록 고대인들은 만들어놓았지요. 이곳, 망자의 쉼터조차도……."

"이곳은 열 수 있는 시동체는 영주의 '피' 군요."

"그렇습니다."

"영주의 피라……."

'그건 다른 사람이 열어선 안 되는 공간이란 말이나 마찬가지잖아.'

생각은 이미 늦었다.

그그그그긍.

벽면이 편의점 슬라이드 도어식으로 열리며 육각형의 넓은 공간이 나타났다.

이곳은 데스 로드의 신민들이 만든 참배 장소이자 집회 장소입니다. 입장하시겠습니까? 비클래스는 돌아가 주십시오.

당연히 들어가야지. 기껏 여기까지 와서 돌아설 순 없지.

한 발을 공간 안에 들여놓자,

끼아아악—!!

날카로운 기음을 토하며 나를 향해 날아오는 물체가 있었으니… 회색의 해골 천사였다. 그런데 하나둘이 아니었다.

'빠르다! 타깃팅이 잡히지도 않고.'

스으으읏—

해골 천사가 바로 눈앞에 육박하더니 성인 키만 한 긴 낫으로 내 몸을 후려쳐 오는 게 아닌가.

슈와악—!

뭐, 뭐냐?

길다란 검은 낫이 내 몸을 깨끗하게 그었다.

잉?! 한데 아무런 통증도, 데미지도 들어오지 않는 게 아닌가.

나머지 해골 천사들이 내 몸을 수차례 투과해 지나쳐도 아무런 일이 발생하지 않자,

클래스 검증 통과!

그렇다. 네크로맨서 클래스를 가리는 소위 테스트인 것이었다.

클래스 검증이 이로써 두 번째인가? 그런데,

당신은 이상적인 능력치를 보유했으면서도 동화율이 극히 저조한 비정상적인 네크로맨서입니다. 과연 당신에게 데스 로드의 '죽음의 서'를 읽을 기회가 주어질지 의문이군요.

데스 로드의 분노를 사기 전에 돌아가기를 정중히 권합니다. 물러나시겠습니까?

당연 No다!

이렇게 사람 호기심을 왕성하게 일으켜 놓고 돌아가라니?!

이후 벌어질 모든 일에 대한 책임은 귀하에게 있음을 미리 알려 드립니다. 데스 로드의 페널티는 당신이 생각하는 이상입니다.

긴 낫을 든 해골 천사들은 여전히 사라지지 않고 내 주변을 둥둥 떠다니며 나를 노려보았다. 뻥 뚫린 회색 공동이 그렇게 느껴졌다.

'흥, 괜히 겁주고 있네…….'

괜히 허둥거린 것 같아 쉴라의 눈치를 살폈는데 그녀는 앞만 보고 있을 따름이다.

눈앞의 전경은 놀라운 게 없었다. 정중앙에 직육면체의 석판이 놓여져 있고 그 위로 한 구의 사체가 가슴에 손을 얹은 채로 누워 있는 그림이 전부였다.

사체? 아니었다.

자세히 보니 볼륨감이 충실한 게 생기기 말리 버린 시체가 아닌 사람 형상의 조각이었다.

쉴라는 내 머리 위에 떠 있는 의문표를 보았는지 답을 해주었다.

"데스 로드의 가묘입니다."

"가묘?"

"데스 로드의 영묘가 이렇게 허술할 리가 없을뿐더러 죽음을 극복한 자에게 영묘 따위가 있을 리 없죠."

"하긴, 그래야 '데스 로드'죠."

그러자,

Quest

불사자(不死者), 데스 로드!

'나는 죽음을 극복한 유일한 자!'

많은 이들이 그의 죽음을 확인했음에도 다시금 필드에 등장해 자신이 '죽음을 극복한 자'임을 스스로 증명했다.

이후 '망자들의 군주'로 불리며 추종자들의 숭배받음과 동시에 불신자들에게 경원당했다.

그는 대륙을 건너온 첫 유저인이라는 이야기가 제법 유력한 학설로 받아들여지고 있으며 네크로맨서의 시조로 받아들여지고 있다.

추종자들은 현재까지도 그가 죽음의 신비를 설파하며 대륙을 떠돌아다니고 있다고 믿고 있으며 그의 흔적을 찾아 방황하고 있다.

추종자들은 그들에게 죽음의 질병이 찾아오는 순간 그가 나타나 불사의 서를 보여주어 죽음의 질병을 극복하도록 도와줄 것이라 굳게 믿으며 이곳에 긴 휴식에 들었다.

추종자들은 그가 가진 '불사의 서'를 단 한 번이라도 보는 게 소망이다. 당신은 불사의 서를 볼 수 있는 최소의 조건을 충족시킨 상태입니다. 하지만 당신의 믿음은 턱없이 부족합니다.

믿음이 아니라 네크로맨서다운 동화율이겠지.

여하튼 창에 나온 설명이 끝나자마자 쉴라가 입을 열었다.

"…세월이 지나며 없어지거나 이렇게 감추어졌답니다. 저는 죽을 때가 되어서야 이곳 문을 열고 참배할 수 있게 되었네요. 당신의 호의에 감사합니다."

"……."

나는 쉴라의 말을 듣는 둥 마는 둥하며 조각상을 살펴보기 위해 다가갔다.

해골 천사들이 내 주위로 몰려와 긴 낫을 어깨에 걸친 채 내 몸을 켜켜이 들러붙었다.

'나참, 데스 로드가 어떻게 생겼는지만 본다니까?!'

쉴라는 우윳빛 석상을 정성스럽게 쓰다듬었다.

그런데 나는 보고야 말았다. 석상의 인물을……

그건 너무나도 친숙한 인물이었다.

그것은?

그렇다! 판박이로 누가 보더라도 나였다!

나!!

나는 너무 놀라 그만 뒤로 두 걸음을 휘청거리며 물러났다.

'E&T 디자인 팀이 날로 먹을려고… 빌어먹을!'

쉴라도 신기한 듯이 석판에 누운 조각상과 나를 번갈아 살펴보았다.

"…운명인 거죠."

"……?"

내가 멍하게 서 있는 동안 쉴라는 알 수 없는 노래를 중얼거리며 의식을 준비했다.

제일 먼저 조각상에 뼛가루가 뿌려지자 해골 천사들이 서로 달려들어 자신들의 몸에 뼛가루를 묻히려 난리를 피웠다.

"데스 로드의 뼛가루입니다."

"……."

뼛가루가 떨어진 우윳빛 조각상 내부로 뼈의 골격이 선명하게 드러났다.

나는 놀라 한 걸음 더 물러났다.

이어 쉴라는 옅은 청색 톤의 액체를 석상에 떨어뜨렸고, 이에 해골 천사들은 두려운 듯이 멀찌감치 물러났다.

그러자 석상을 따라 새파란 실핏줄이 살아나는 게 아닌가.

"데스 로드의 체액입니다."

"……."

'설명 안 해도 되니까 그냥 하고 싶은 대로 하세요!'

쉴라는 그녀의 로브 속에서 각양각색의 유리 용기를 꺼내어 석상에 뿌리거나 떨어뜨렸고, 그에 따라 석상엔 쓸개가 만들어지고 허파가 만들어지고 신경이 연결되어져 나갔다.

징글징글, 느글느글.

마치 인체 해부도를 3차원 입체 영상으로 구현해 차근차근 그 조직들이 연결되는 과정을 보여주는 것과 같은 광경이다.

'우씽, 해부학 실습 시간도 아니고…….'

여하튼 조각상은 어느새 완전히 하나의 인간 모습으로 변해 있었다.

단지 심장이 뛰지 않는 시체 상태일 뿐.

쉴라가 마침내 피가 가득 든 유리병을 꺼내 들었다.

손이 가늘게 떨리는 게 바짝 긴장하고 있음이다.

"데스 메이드 쉴라가 당신을 모실 수 있게 허락해 주십시오, 데스 로드시여—!"

목소리는 애절했다.

주르르르륵—

화앗─!

선홍색 피가 조각상에 떨어지자 묘한 생기가 퍼지는 게 느껴졌다.

쿵떡─

심장이 펄떡 뛰는 첫 고동 소리가 천둥처럼 들려왔다.

이럴 수가!

"아─!"

심장 박동에 제일 먼저 입술이 붉게 변하며 손끝이 서서히 옅은 분홍색을 띠는 게 아닌가.

'에… 설마, 살아나려는 건 아니겠지? 진짜 살아나면 어쩌지?

쉴라는 피가 든 용기를 꺼내더니 조각상인지 시체인지 알쏭달쏭한 조각상에 다시 떨어뜨렸다.

조각상에 떨구어진 피는 조각상의 혈색을 더욱더 건강하게 바꾸어놓았고 심장의 박동을 빠르게 만들었다.

조각상은 내 피를 계속해서 들이켰고 종국엔 헬쓱한 네크로 지오보다도 더 건강한 상태로 변모했다.

저건 분명 나였다!

빌어먹을!!

쿵떡쿵떡, 조각상에서 들리는 심장 박동 소리가 내 심장 박동과 맞아떨어졌다.

나는 멍하니 그 의식을 보고 있을 수밖에 없었다.

쉴라는 마지막 피 한 방울을 남김없이 떨구곤 이젠 조각상이라 부를 수 없게 된 피조물에 다가갔다. 그러더니 모습을 가린 후드를 노출시켰고, 머리카락이 듬성듬성한 예의 흉측한 외모가 드러났다.

쉴라는 자신의 얼굴을 피조물의 얼굴에 가져갔다.

흉측한 얼굴과 반듯하면서 부드러운 윤기가 흐르는 얼굴과의 대비는 극명했다.

쉴라는 무엇을 하려는가?

쉴라는 피조물의 귀에 입을 가져다 대며 간절하게 속삭였다.

"데스 메이드 쉴라, 여기 제 영혼을 드립니다. 로드시여, 잠시 깨어나 누우신 자리에서 비켜나 주시어 석궤를 열어볼 수 있도록 허락해 주십시오. 그리고 당신의 입으로 죽음의 서를 읽어주기길 간절히 바라옵니다."

숨을 불어넣으려는 것이다.

마우스 투 마우스!

'…미치갔구나.'

그렇다고 이때까지 볼 것 못 볼 것 다 본 상태에서 제지할 수도 없고.

쉴라의 흉측한 얼굴이 혈색이 완연한 피조물의 입술에 포개지려는 찰나,

"멈춰라—!"

"거기까지!!"

어디선가 해골 모양의 에너지체가 날아들었다.

파쉬쉿— 스팟—!

푸헉—

"꺄악—!"

우당탕!

백색 에너지체에 적중당한 쉴라가 석판에서 튕겨나가 바닥을 굴렀다.

"······!!"

언제 나타났는지 입구로 4인의 인물이 들어섰고 공간을 배회하던 해골 천사들이 빠르게 날아가 침입자들을 거대한 낫으로 그어댔다.

스으으으웃, 슈캇—!

"크크크."

"후후, 이 정도 검증 정도야."

불청객들은 해골 천사의 검증을 무사히 넘겼다.

나는 그들에게 외쳤다.

"당신들 뭡니까?! 앗, 당신들은······!"

4인의 네크로맨서 중 제일 키가 큰 꺽다리가 한 발 나서며 대답했다.

"우리? 사절단, 아니, 지금은 모험가들이지. 후후, 한 달 영주의 심부름꾼."

"이 작자들이 여기가 어디라고……."

바로 그들이었다.

사라졌던 뼈다인을 비롯한 DK길드의 사절단원들.

Act 09
데스로드

機甲戰記
Massacre
기갑전기 매서커

내가 영주의 가신이기에 공격하지 않은 것이다.

뼈다인들은 이거 잘됐다는 얼굴로 다가왔다.

"우리는 죽음의 서를 찾고 있었다. 네크로맨서 궁극의 스킬 트리가 담겨 있는 비법서……."

"뭐 하자는 거요?"

입꼬리를 말며 피식 비웃는 뼈다인.

"일주일간 사체 더미를 뒤지며 씨름을 하고 있었는데 저 보살것없는 NPC 노파가 죽음의 서가 있는 장소를 이처럼 간단하게 열 것이라곤 상상 못했지."

"……."

"지금도 믿기 어렵지만 조각상의 변화를 보니 그동안 우린 헛고생한 거였어. NPC 따위에게 비법서가 넘어가면 안 되지."

"그렇다고……."

"노파가 죽음의 서를 얻어 보스 몬스터로 화할지도 모른다고는 생각 안 해보았군?! 순진한 건지, 개념이 없는 건지."

"…그런."

"후후, 고맙게 여기라고."

고압적인 감독관 같은 어투에 화가 치밀었다. 4:1, 저들은 반쪽짜리 네크로맨서지만 동화율이 월등한 자들. 게다 영주의 가신인 내가 저들을 도모하면 자동 DK와의 전쟁에 들 것이다.

"영지에 남은 이유가 죽음의 서를 찾기 위한 거였군."

"맞아, 우린 최하층부터 데스 로드의 영묘를 찾아 올라오고 있었지. 드디어 뜻하지 않게 죽음의 서를 볼 수 있게 되었으니 노파에게 감사를 해야겠지만 그럴 여유는 없는 것 같군."

뼈다인의 턱짓을 따라 너부러진 쉴라를 돌아보았다.

쉴라는 쿨럭쿨럭 마른기침을 연신 내뱉으며 고통스럽게 가슴을 쥐어잡고 부들거리고 있었다.

"케엑, 으으으으음."

정말 그녀가 죽음의 서를 얻어 보스 몬스터로 화하려 했을까?

아니, 그것은 뼈다인들의 궁색한 변명이다.

나는 그녀가 NPC라는 것도 잊고 급히 다가가 그녀를 보듬어 안았다. 가슴에 손을 댔다.

"고요한 죽음."

후웅—

내 손에서 회색 영체가 흘러나와 쉴라의 몸속에 스며들었다.

이 스킬은 몬스터를 소리없이 죽일 때 사용하는 공격 스킬이지만 마력이 바닥난 네크로맨서 동료에게 시전하면 빠르게 안정을 취할 수 있게 도와주는 스킬이기도 하다.

"으으—"

쉴라의 고통스러운 몸부림이 서서히 잦아들었다.

나의 행동에 4인의 네크로맨서는 '호오—' 하며 비아냥거리며 석궤 위 문제의 피조물을 향해 다가갔다.

불청객 4인방은 무시하듯 지나치며 툭툭 말을 내던졌다.

"흐음, 저 몰골로 퀘스트 NPC라니… 몬스터로 변이를 일으키기 딱이구만."

"그러게. 여하튼 할매 덕에 우리가 준비한 재료는 굳은 셈인가. 킥킥."

"죽음의 서는 우리가 챙기겠습니다, 나으리. 큭큭."

"꼬우면 덤벼보시던가?! 후훗—"

이것은 도발!

이들은 간단히 제압할 수 있다는 자신감이 넘쳤다.

'이 자식들이!!'

언데드 다금발이를 소환 준비에 들어갔다. 손끝에 회색의 와류가 생성되었다. 순간 품에 안긴 쉴라가 회색 와류가 일어나는 손을 잡아왔다.

파시시싯—

소환이 쉴라의 방해로 해제되었다.

'왜?'

눈으로 물었고, 쉴라는 힘겹게 고개를 가로저었다.

'참으라고?! 하지 말라고?!'

쉴라의 맑은 눈빛에 끓어오르던 피가 차갑게 식었다.

'죽지 말라고……'

"……!!"

믿을 수 없는 설득력이었다.

분노를 가라앉히자 그제야 쉴라의 손에서 힘이 스르륵 빠졌다.

쉴라는 피조물을 향해 다가가는 4인의 불청객을 노려보았다. 그 표정은 NPC답지 않게 분노로 활활 타오르고 있었다.

"…저들이 있는 줄은 알았지만 죽음의 서를 찾고 있었을 줄이야……."

힘들게 말하며 나를 향한 쉴라의 눈빛은 미안함으로 가득

했다. 곧 숨이 넘어갈 것같이 숨이 가늘게 잦아들고 있었다.

악기없는 선한 눈빛에 마음이 아려왔다.

지붕 없는 잠자리, 전기가 끊긴 지하 벙커에서… 내 품에서 이런 눈빛을 뿌리며 깨어나지 못할 잠에 빠진 수많은 동료들을 재웠다.

그때의 기분이 들며 지독한 허무가 내 몸을 지배하기 시작했다.

'젠장, NPC에게 감정이입이 되다니…….'

베리 썩스!

"쉬세요. 영주의 피는 다시 양껏 뽑아드릴 테니까."

"…됐어요. 죽음의 서를 보지 않아도 됩니다. 데스 로드를 참배한 것으로 전 만족합니다."

Quest

데스 메이드의 소망.

쉴라는 데스 로드를 고대의 방식대로 참배했습니다.

그녀의 작은 소망은 이루어졌습니다.

단지 죽음의 서를 보지 못한 게 아쉬움으로 남았지만 집회 장소를 참배할 수 있도록 도와준 당신의 배려에 크게 감사해합니다.

보상:쉴라는 자신의 INT 2포인트를 희생해 당신에게 INT 2포인트를 부여하였습니다.

"……!!"

"…로드의 품에 안겨 있다고 생각해도 될런지요?'

쉴라의 눈빛이 서서히 탁하게 변해가고 있었다.

곧 죽을, 아니, 곧 지워질 인공지능이다.

"그럼요, 바미안 영주의 가신이지만 이 순간만큼은 데스 로드로 생각하셔도 됩니다. 외모는 같으니까… 짝퉁 데스 로드인가요."

"…따뜻하고 다정하시네요."

"허허, 처음 듣는 말이지만… 좋네요."

내가 뼈가 앙상한 쉴라를 품에 안고 위로의 대화를 나누자 4인의 불청객은 손가락을 세워 자신들의 머리를 향해 돌리며 비웃음을 풀풀 날렸다.

'지금은 아니다. 잘 참아왔지 않은가. 더 이상 적을 만들면 곤란해. 저들이 바라는 대로 움직이면 안 돼.'

그렇다.

영주가 안 되니까 가신인 나를 계속 도발하는 것이다.

'처음부터 죽음의 서는 내 목적이 아니었으니… 두고 보자.'

나의 목적은 쉴라의 임종을 지키고 산파 직을 계승하는 것.

나의 지속적인 무대응에 4인방은 콧방귀를 핑핑 껴댔다.

"새로운 데스 로드께서 다 죽은 헤골비가지를 끌어안고 무얼 하시나?"

"소환체로 거두시려나 보지."

"밤에 불러내서 무얼 하시려 그러시나~ 크크크."

"낄낄낄."

혐오스러운 웃음이 공간을 울렸다.

꽉 움켜쥔 손에 힘줄이 새파랗게 불거졌다.

쉴라의 목소리는 점점 힘이 없어져 고개를 기울여야 들릴 정도로 잦아들었다.

"제 모습이 혐오스럽지요?"

"…그렇지 않다면 거짓말이겠지요."

"한 가지 부탁드려도 될까요?"

"당연히."

쉴라의 모습이 뿌옇게 변하는 게 NPC로서의 역할이 끝나가고 있음이다.

"약속대로 산파 입문을 가르쳐 드려야 하는데 기력이 다했습니다. 그래서 제 호의를 배풀기 위해서는 한가닥의 숨이 필요합니다."

"……?"

데스 로드의 조각상에 입을 맞추지 못한 미련이 남아 있음인가. 나는 쉴라의 눈빛 깊은 곳에서 죽어가는 이의 마지막 열망이 빛나고 있음을 보았다.

"…당신의 숨을 제게 약간이나마 불어넣어 주세요……."

"……!"

조용히 끄덕였다.

혐오스럽지 않냐고? 폐에 파편이 박혀 피거품을 게워내는 동료들에게 인공호흡을 했었다. 굳이 자랑할 일은 아니지만 닥치면 다 하게 되는 일이었다. 망자를 보내는 일은 그런 일…….

나는 자발적으로 노파의 갈라진 입술에 입을 포겠다.

"우— 매스꺼워라."

"미쳤군."

"저 친구, 퀘스트에 대한 열망이 똘기를 넘어섰군."

저열한 비웃음이 다시금 귀를 메웠지만 나는 아랑곳하지 않았다.

단지 들숨 한번으로 내가 얻을 수 있는 게 '산파 입문'이라도 상관없었다. 이미 수명이 다한 NPC를 위해 4인의 불청객을 상대로 복수하겠다는 마음은 애당초 없었다.

어서 빨리 산파 입문을 배워 하나의 인공지능이 자신의 역할을 다해 여한없이 사라지게 만들고 싶을 따름.

그런 바람으로 쉴라에게 내 숨을 깊이 불어넣었다.

'영혼의 나눔.'

"후웁—"

나는 머리가 아득해질 정도로 숨을 쉴라에게 불어넣었다.

"……!"

내 정신력 게이지가 주르륵 내려갔다.

빨려들어 간다는 게 맞으리라. 아차 싶어 쉴라의 눈을 보았는데 그녀의 눈은 흐릿했다 맑았다를 반복하고 있었다.

그녀 자신조차 자신에게 내 정신력이 주르륵 빨려들어 가고 있음을 느끼지 못하고 있었다.

'정신력을 갈취하기 위한 함정은 아니다. 뭐지? 이 빠른 쏠림은?'

그럼 내 정신력을 빨아들이는 존재가 쉴라가 아니라면 무엇이란 말인가.

길고 긴 입맞춤이 이어지는 가운데 4인방은 연신 낄낄거리며 머리에 대고 손가락을 돌렸다.

그리곤 혈색이 선명한 피조물을 발로 걸어차 석궤 위에서 떨구었다.

우구덩, 쿵—

피조물은 자리한 석궤에서 바닥에 떨어지자마자 처음 본 그대로의 우윳빛 대리석 조각상으로 변해 버렸다.

쉴라의 공들인 제사 의식이 거짓말 같았다.

그리고 석궤가 불한당들에 의해 열렸다.

휘이이이이—

끼에에에에엑—!

섬뜩한 비명이 울려 퍼지며 석궤 속에서 회색 그림자들이 쏟아져 나왔다.

"......!"

실루엣이 흐릿하며 눈 부위가 시커먼 망령이 아니었다. 이 것은 완연한 사람 형태의 영체였다. 영체!!

공동은 순식간에 회색의 영체들로 가득 찼고 영체들은 석 궤에서 끊임없이 쏟아져 나올 따름이다.

하지만 이 불한당들에게는 아무런 위해를 가하지 않았다.

무사 통과!

"와아— 열렸다."

"커커, '죽음의 서' 뿐만이 아냐!"

"와우, 이게 뭐야?! '지하 군대의 조련', '뼈다귀의 행진', '진군의 나팔' 까지… 이건 스킬 트리 대박 컬렉션!!"

"맞아, 완벽한 스킬 컬렉션!"

"이 지하의 시체들을 모두 일으켜 세워 행진시킬 수 있겠는데? 가능해!"

"좋아, 그렇게 하는 거야. 바미안 영지는 우리 DK길드 휘하에 들었음을 죽음의 행진으로 알리는 거야—"

4인의 불한당이 내지르는 환호성에 몽롱해지던 정신이 번뜩 들었다.

감정을 다스리던 가느다란 필라멘트 가닥이 뚝 끊어졌다.

용서할 수 없다!

그들이 외친 스킬 북이 탐나서가 아니다.

'쓰레기들 같으니, 치워 버리겠어!'

언데드 다급발이면 충분하다.

내가 소환에 들려 하자 깡마른 쉴라의 손이 내 팔을 붙들어 왔다. 그리고 눈빛으로 말해왔다.

'참으라고?'

으득.

Quest

산파 입문.

'죽음을 알기 전에 생명 탄생의 경이를 체험하세요.'

산파로서의 첫걸음을 디딜 준비가 되었습니까?

그래, 이 가엾은 NPC를 여한없이 사라지게 하는 게 먼저였
다.

"…예."

그런데, 뚜둥—

네크로 지오에게 히든 클래스 전직 기회가 주어졌습니다.

어?!

신경 하나하나가 모두 곤두섰다.

산파 입문이 아니고 히든 클래스로서의 전직이라니?

산파가 언제부터 히든 클래스가 되었지?

Quest

삶과 죽음의 관조자.

'예전의 당신은 죽었습니다. 이제 다시 태어나기 위해서……."

삶과 죽음은 하나입니다. 시작은 끝이고 끝은 새로운 시작입니다.

데스 로드, 죽음과 삶이 다르지 않음을 깨우친 자.

데스 로드로 전직하시겠습니까?

앗!

히든 클래스가 데스 로드라니?!

마다할 이유가 없다. 기본적으로 산파가 아니면 뭐든 좋다.

"네크로 지오, 데스 로드의 길을 걷겠습니다."

쿠궁!

Quest

데스 로드 자질 검증.

'망자들의 군주, 죽은 자들을 명령할 수 있는 유일한 자.'

공동을 가득 메운 영체들을 받아들일 수 있는 만큼 받아들이십시오.

당신이 부릴 수 있는 군대의 크기가 결정됩니다.

한번 영체를 받아들이기 시작하면 멈출 수 없습니다.

수많은 네크로맨서가 도전했지만 그들은 데스 로드가 될 수 없었습니다. 그렇습니다! 상당히 위험합니다!!

검증에서 탈락하면 당신의 INT 능력치가 10% 감소하며 6개월 뒤에야 복구됩니다. 검증에 응하시겠습니까?

"……"

제길, 또 검증이라니… 이미 호랑이 꼬리를 잡은 뒤였다.

그리고 난 몰빵 캐릭!!

이 정도로 흐느적거리는 영체 정도는 모두 받아들여 주겠어!

"옙!!"

데스 로드 검증에 들어갑니다. …건투를 빕니다.

순간, 공동을 가득 메운 영체들이 나를 향해 달려들었다.

고오오오오오— 쏴아아아—!

배로, 등 뒤로, 얼굴로, 팔로, 다리로 수많은 영체들이 파고들었다. 그렇게 파고든 영체는 몸을 통과해 나가지 않았다.

내 몸이 블래홀이 되어 영체들을 빨아들이고 있음이 맞다.

하나의 난자를 차지하겠다는 수억 마리 정자들의 필사의 질주와 맞먹는 광경이 펼쳐졌다.

ㄹ,ㅁㅁㅁ여 개체를 받아들였습니다.

위험! 정신력이 고갈 상태입니다.

몸이 부풀어 오릅니다.

"으헉!"

이, 이런. 나는 쉴라에게 영혼의 나눔을 통해 이미 정신력이 바닥난 상태.

후회는 늦었다. 이미 몸이 풍선처럼 부풀어 오르기 시작했다.

나의 변화에 4인방은 낄낄거리며 비웃기 시작했다.

"히든 클래스 데스 로드… 네크로맨서들에겐 저주의 전직 시스템이지, 후후후."

"낄낄, 곧 있으면 몸이 뻐―엉! 하고 터져 나가겠군. 난 10초 안에 터진다에 100골드 건다."

"네크로맨서라면 한번씩 툭툭 던져 주는 히든 클래스 아닌감. 순진한 친구 같으니… 공부를 전혀 하지 않았어. 곧 대가를 치르겠군. 일단 난 15초에 200골드!"

"데스 로드로의 전직에 성공한 네크로맨서는 없다. 오늘 잘하면 위대한 데스 로드의 탄생을 보겠는걸? 아니면 갈가리 찢겨진 걸레 조각이던가. 크크크, 난 20초 견뎌낸다에 300골드."

"쯧쯧, 불가능한 전직 클래스에 몸을 맡기다니… 난 유.경.험.자로서 30초 견딘다에 500골드!"

빌어먹을… 그런 거였군.

정신력을 고갈시킨 다음에 영체들을 받아들이기란 불가능한 것이었다.

나의 변한 모습에 쉴라가 안타까운 눈으로 바라보았다.

쉴라는 자신이 데스 로드의 전직 시스템을 나에게 부여했는지 모르는 눈치다. E&T의 시스템은 원래 그런 거다.

'으득, 까짓, 가는 거야―'

매서커 지오로 하여금 축적된 영주 포인트 중 100포인트를 네크로 지오에게 부여케 했다.

영주 포인트를 처음으로 나 자신을 위해 사용한 셈.

> 스탯 포인트 1ㅁㅁ을 부여받았습니다. 스탯치를 분배하십시오.

나는 재빨리 ―INT 스탯에 부여받은 100포인트를 전부 부여했다.

찐빵같이 부풀어 오르던 손에서 제일 먼저 부기가 빠져나갔다.

그러나 부기가 빠져나가기 무섭게 공간에 대기하고 있던 영체들이 내 몸속으로 들어와 몸을 풍선 상태로 원상복구시켜 버렸다.

> 3,ㅁㅁㅁ여 개체를 받아들였습니다.
> 위험! 정신력이 고갈 상태입니다.

제길, 100스탯이면 어떤 조화를 부릴지 장담 못하는 포인트이건만…….

'조, 좋았어. 그렇게 나온다면…….'

나는 다시금 영주인 매서커 지오로 하여금 스탯 포인트

200을 네크로 지오에게 부여케 했디.

200포인트를 받자마자 재빨리 −INT치에 부여했다.

슈우우우웃−

마치 풍선에서 바람 빠지는 듯한 소리가 나며 부풀던 몸이 원상태로 돌아왔다. 이 모습에,

"뭐, 뭐야?! 저 친구, 아직도 견디고 있어."

"어떻게 된 거야?"

"몸이 왜 아직 안 터지는 거지?"

"저, 저럴 수가!!"

4인방이 기함을 터뜨릴 사이도 없이 다시금 공간에 머물던 영체들이 몰려들었다. 전보다도 더욱 빠르고 많이.

고오오오오오−

다시금 몸이 급팽창하기 시작했다.

5,ㅁㅁㅁ여 개체를 받아들였습니다.
위험! 정신력이 고갈 상태입니다.

이를 꽉 깨물고 영주 포인트 500을 부여해 다시금 −INT치로 전환했다.

이게 마지막!

버리는 캐릭에게 뿌리기엔 과한 투자지만 지기 싫은 걸 어쩌란 말인가.

이번엔 부풀었다 빠졌다를 반복하며 영체들과 씨름을 했다.

그러나 공간을 채운 영체들을 몸이 흡수하자마자 다시금 석궤 속에서 영체들이 끊임없이 튀어나와 달려들었다.

> 1ㅁ,ㅁㅁㅁ여 개체를 받아들였습니다. …대단합니다.
>
> 최고 기록을 갱신했습니다. 보너스 스탯 포인트 1ㅁ이 주어집니다.

지겨운 공방전이 5분여간 지속되었다.

불청객 4인방도 숨을 죽이고 이 광경을 지켜보았다.

그러나 영체들의 공세는 감당할 수준이 아니었다.

사용할 보너스 스탯은 바닥났다.

다시금 대책없이 몸이 부풀어 올랐다.

'…빌어먹을.'

스탯 포인트는 바닥났다.

그때였다.

Quest

숭고한 헌신.

'당신이야말로 내가 헌신할 로드. 로드시여…….'

쉴라가 자신의 INT 스탯 전부를 당신에게 부여하고자 합니다. 받아들

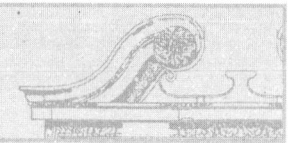

이는 즉시 쉴라는 죽습니다.
받아들이겠습니까?

응?!

쉴라를 바라보았다.

쉴라는 고개를 힘없이 끄덕이며 자신의 마지막 순간이 곧 도래했음을 알려왔다. 쉴라의 마지막 호의를 받아들이기로……

"…예."

쉴라가 —미미 INT 스탯 포인트를 포기해 당신에게 —미 INT 스탯 포인트를 전달했습니다. …쉴라의 희생을 잊지 마십시오.

어금니를 깨물며 쉴라에게 부여받은 INT 스탯을 다시금 —INT 스탯에 부여했다.

총 801INT 스탯 포인트를 부여한 셈이다.

하지만… 약간을 더 버텼을 뿐이다.

제 모습을 찾자마자 다시금 석궤에서 영체들이 튀어나와 끊임없는 꼬리를 이루며 달려들었고 안정을 찾은 몸은 다시금 부풀어 올랐다.

'망할, 우짜라고! 제발 그만 달라붙으란 말이다—!!'

바람은 통하지 않았다.

'로드'가 붙는 클래스가 그리 쉽게 되는 게 아닌 것인가.

몸이 부풀 때마다 온몸을 짓누르는 압박이 장난이 아니었다.

"크으으으—"

E&T가 구축한 유저 학대 시스템에 치가 떨렸다.

몸이 견디지 못하고 터져 나가리라.

포기하고 쉴라에게 작별의 눈빛을 보냈다. 그녀도 내 눈빛에 반응하며 고개를 힘겹게 끄덕여 왔다.

쉴라의 미소는 어머니의 미소처럼 푸근하고 편안했다.

그렇게 쉴라는 미소를 지으며 눈을 감았다.

곧 쉴라의 몸은 바람 빠진 풍선마냥 쭈글쭈글 말라 버렸다.

가여웠다.

쉴라를 향한 말도 안 되는 기원이 내 입에서 주문처럼 흘러나왔다.

"다음 생엔 인공지능으로 태어나지 마세요. 빌어먹을, 가상 세계에서도… 제길, 왜 이리 눈물이 나는 거지? 몰라, 터질 테면 터져 보라 그래—"

그렇게 정신의 긴장을 놓았다.

한데 그 순간 뺨을 타고 이질적인 무언가가 흐르는 게 느껴졌다.

설마 눈물? …아닐 것이다. 가상 세계에서 눈물이라니…….

그러나 이 느낌은 눈물이 타고 흐르는 그 감촉이 아니면 무엇이랴.

"크으……."

네크로 지오의 동화율이 처음으로 ५५%를 돌파했습니다.

네크로 지오의 동화율이 5५%에 육박합니다.

네크로 지오의 동화율이 ११%에 달합니다.

끊어졌던 필라멘트가 연결되며 어둠을 밝히는 느낌이 이럴까.

어둠에 가득 찬 공간에 촛불 하나가 켜졌다.

축 늘어졌던 몸에 활력이 돌며 고갈되었던 정신력이 빠르게 차오르는 게 느껴졌다.

팽창하며 피부를 삼아당기던 압박감이 순식간에 사라졌다.

석궤에서 나오던 영체가 빠르게 몸에 빨려들어 왔지만 더 이상 팽창은 없었다.

아니, 오히려 영체를 받아들이는 게 반가웠다.

18,ㅁㅁㅁ여 개체를 받아들였습니다.
놀랍습니다! …이럴 수가.

그저 영체를 받아들이던 상황에서 이제는 원해서 빨아들였다.

소진되었던 INT 스텟치가 최대 동화율을 돌파하자 고갈되었던 정신력이 회복되며 이제야 제 기능을 발휘하기 시작한 것이다.

몸이 제 모습을 찾아가더니 나를 공중에 2미터 이상 띄워 올렸다. 몰려드는 영체들이 나를 받들어 올리는 모양새.

숭배함이었다.

영채의 수용은 공중에 뜬 상태에서도 계속 이어졌다.

매서커로 전직하던 때의 강렬한 느낌이 되살아났다.

그때와 다를 바 없었다.

우오오오오오―

주인을 찾은 영체들이 기쁨의 찬가를 불렀다.

공중에 뜬 상태 그대로 30초를 유지했고 수용할 영체는 더 이상 공간에 남아 있지 않았다.

사라라―

마지막으로 쉴라의 머리에서 백색의 영체가 흘러나와 내

가슴에 안기듯이 잠겨왔다. 나는 그 영체를 두 손 가득 고이
안아 가슴에 심었다. 순간,

　쩌저적쩍!!

　내 몸이 28,987개나 되는 영체를 받아들였다니…….

　그게 끝이 아니었다.

　회색 빛덩어리가 정수리에 떨어져 내렸다.

　뿌뿌뿌— 뿌웅—!!

　군대의 진군 나팔 소리에 이어 대병력이 행군하며 외치는
군호가 우렁차게 울렸다.

> **당신을 위해 죽고, 당신을 위해 살겠습니다!**

Quest

데스 로드!

당신은 히든 클래스 '데스 로드'로 전직하셨습니다.

망자들은 자신들의 군주의 탄생을 진심으로 기뻐하고 있습니다.

쟁패의 시대엔 곳곳이 전쟁터. 주인 잃은 영혼을 수집하기엔 그저 그만.

떠도는 영혼을 위로할 자는 바로 당신뿐!

영체를 수용할수록 당신의 군대는 점점 더 강력하게 성장해 나갈 것
입니다.

영체 100여 개를 흡수할 때마다 스탯 포인트가 주어집니다.

현재 289 스탯 포인트 보유 상태입니다.

데스 로드의 권능.

당신은 28,987명으로 구성된 언데드 군대를 보유한 상태입니다.

어디를 가든지 언데드 군대는 따라다닐 것이며 당신의 지시라면 무
슨 일이든지 해낼 것입니다.

언데드 군대!!

Act 10
메이드 처리

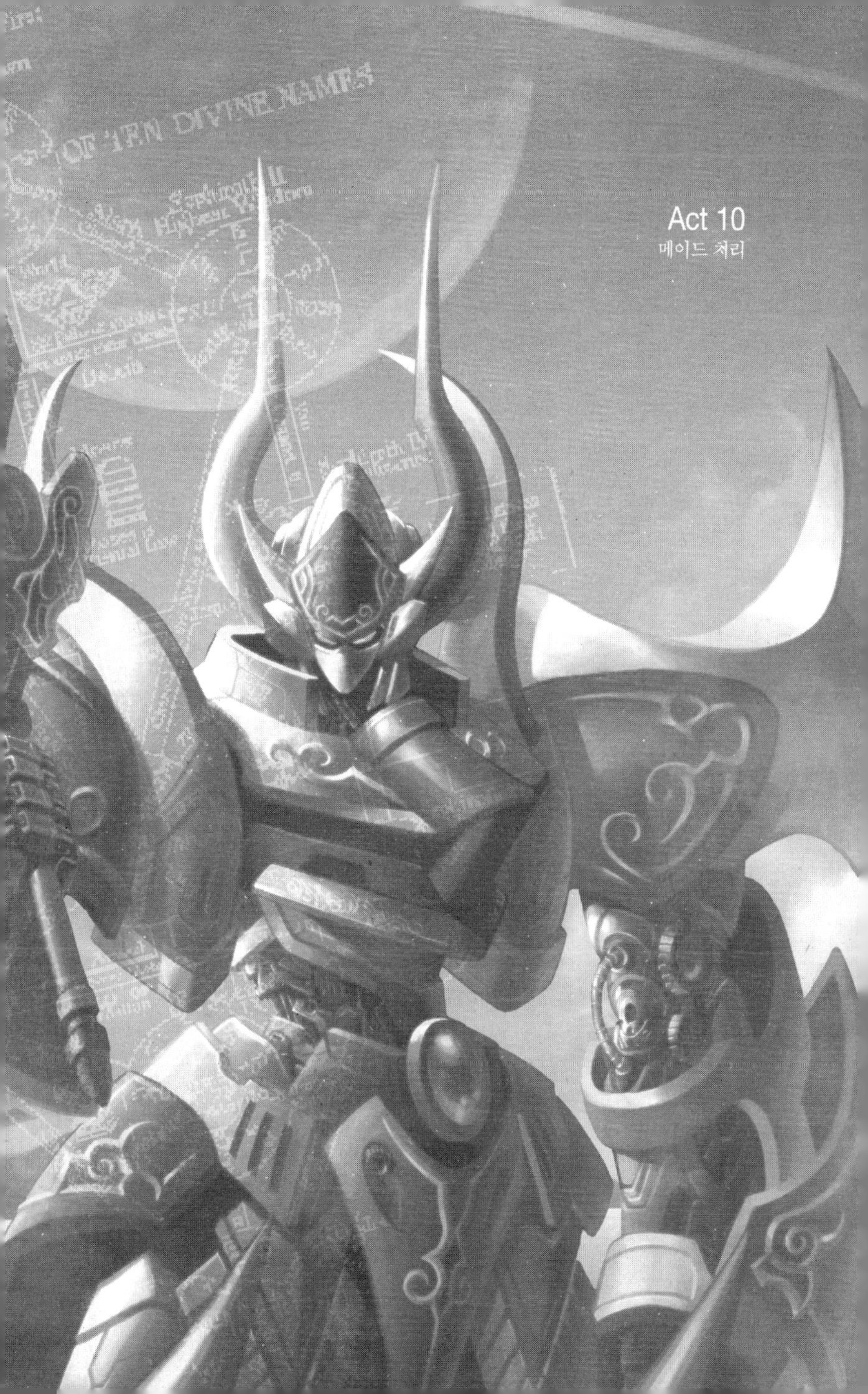

機甲戰記
Massacre
기갑전기 매서커

전직을 마치자 떠올랐던 몸이 바닥에 내려왔다.

발치 아래 오그라든 쉴라를 들어 올렸다.

"……!"

몸에도 변화가 있었다.

네크로지오 특유의 핏기없는 회색 피부가 단지 건강함이 부족한 정도로 변했고 은은한 회색 서기가 온몸에서 뿜오져 나오는 것이다.

그 상태로 나는 쉴라를 품에 안고 석궤로 향했다.

4인방은 나의 접근에 두려움 반, 불신 반이 뒤섞인 얼굴로 물러났다.

"…어어."

"마, 말도 안 돼… 만여 마리의 영체를 받아들이려면 1,000포인트 이상의 INT 스탯이 필요하다고!!"

"어떻게… 이건 사기야!!"

나는 여전히 그들을 무시했다.

석궤 위에 쉴라를 눕히기 위해 몸을 수그렸다.

"쉴라님이 쉴 자리는 차가운 바닥이 아니라 바로 이곳입니다."

그러자,

멍해 있던 4인방이 발끈했다.

"안 돼! 스킬 북을 아직 꺼내지 않았단 말이다."

"멈춰!!"

"씨앙― 데스로드가 별거야?! 어차피 같은 유저! 죽어!!"

뼈다인들이 일제히 달려들었다.

"본 애로우―!!"

"본 블러스터!!"

휘이이잉― 쉬쉬쉭―!!

4인조의 공격에 몸이 먼저 반응했다.

후우우우웅―

몸을 두른 옅은 서기가 짙은 회색으로 변했다.

퍼퍼퍼퍽!!

4인방이 퍼부은 경력한 공격체들이 회색 서기에 부딪치자마자 흔석도 없이 녹아버렸다.

"앗ㅡ!"

"소울 쉴드?"

"소울 쉴드가 아냐! 몰라! 저건 스킬이 아냐!"

나는 그들의 공격을 무시하고 쉴라를 석궤 위에 천천히 뉘였다.

석궤의 빈 공간 사이로 쉴라가 보고자 했던 죽음의 서가 눈에 들어왔다. 나는 여러 스킬 북 중 죽음의 서만 빼 들었다.

"죽음의 서, 이 책은 영원히 당신과 함께할 것입니다."

죽음의 서를 쉴라의 가슴 위에 얹고는 양손을 모아 책 위에 포갰다.

등 뒤로 4인방의 그림자가 길쭉하게 드리워졌다.

"죽어!"

"이 자식ㅡ 용서 못해!"

"제길, 우리의 노력을 수포로 돌리다니."

"대가를 치르게 할 테다."

4인방은 마력체가 먹히지 않자 뼈 도끼, 뼈 몽둥이, 뼈 창, 뼈 검 등 각자 자신들의 병기를 꺼내 나에게 휘둘러 왔다.

무기 끝에 형형색색의 빛덩어리가 뭉쳐 있는 게 물리적인 스킬이 가미된 공격.

후우우우웅ㅡ 부우우우욱ㅡ!

나는 이런 근접 거리에서 가하는 물리적인 공격에 대처할 수단이 떠오르지 않았다.

하나 이번에도 몸이 먼저 반응했다.

짙은 회색 서기가 이번엔 불꽃처럼 너울거리며 물리적 공격에 맞서 나갔다. 서기는 마치 살아 있는 생명체 같았다.

강렬한 서기가 4인방이 휘두른 에너지체와 격돌했다.

파짝— 쩌저저적!

슛파앙—!!

"으헛—!"

"크읍!!"

너울거리는 회색 서기와 부딪친 4인방의 물리 스킬은 너무도 간단히 소멸되었다.

그게 다가 아니다. 이들의 무기마저 부숴 버린 것이다.

4인은 그제야 정신이 버쩍 드는지 주르륵 뒷걸음질쳤다.

"말도 안 돼!!"

"앗, 내 와이번 본 소드가……."

"이, 이게 어떤 아이템인데……."

4인방은 금이 가고 부러진 자신들의 무기를 넋 놓고 바라보았다.

그리고 그제야 나는 보았다, 회색 서기의 정체를.

너울너울— 춤을 추고 있다.

그것은… 내가 흡수한 영체들이었다.

내가 흡수한 영체들이 나를 보호한 것이다.

'그렇단 말이지.'

나는 4인방을 눈에 가득 담아 손을 뻗었다. 오직 눈에 담고 손만을 뻗었을 뿐이다.

그러자 손끝을 타고 회색으로 넘실거리는 서기가 4인을 향해 튀어나갔다.

파슈슈슈— 고오오오오—

공간이 진동했다.

몸을 벗어난 회색 서기는 석궤에서 튀어나오던 그 회색 영체로 화해 4인을 향해 날아갔다.

영체로 이루어진 촉수가 그들의 몸에 닿았다.

끼아아아악—!!

영체들이 내지르는 분노의 기성이 공동을 날카롭게 뒤흔들었다.

우르르르르—

회색 영체가 4인방의 몸을 친친 휘감으며 계속해서 그들의 몸을 두들겼다.

"……?"

한데 4인방의 몸에선 아무런 변화도 일어나지 않았다.

어떤 데미지도 먹히지 않고 있음을 나도, 그들도 알 정도.

경악했던 4인방의 표정에 다시금 오만한 미소가 번졌다.

"웅?!"

"에게게? 데미지 0, 0, 0……."

"킥킥킥, 이건 또 뭐잉미?

"시각 효과는 아카데미 특수 효과상감이군. 핏!'

자신의 안전함을 확인하자 4인방의 입에서 과장된 비아냥이 터져 나왔다. 잠시 잠깐 경험했던 공포를 털어내기 위함이다.

"낄낄, 데스 로드의 공격은 대단한 줄 알았는데… 이건 영~ 아니로소이다."

"우리도 데미지를 못 주지만 저쪽도 우리에게 데미지를 주지 못하는군."

"데스 로드… 웃기고 있네."

과연 그럴까?!

파핫— 퍽—!

순간 4인방의 몸에 두른 아이템들이 전부 터져 나갔다.

"앗—!!'

"내 목걸이, 내 팔찌—!'

"개자식, 고작 아이템을 망가뜨리는 수작이였어?!'

터져 나간 아이템들은 뼈를 소재로 만든 장신구들로, 네크로맨서들의 주력 수치인 INT 스탯을 보정해 주는 아이템들이었다.

그런데 고작?

피식, 아직도 모르고 있군.

"어어?! 손이 언제 이렇게 부풀어 올랐지?"

"헙!!"

"아앗—! 이럴 수가!!"

"어떻게… 으……."

이제야 알아채다니.

나를 조롱하며 가리키던 손가락은 어느새 오이만큼 부풀어 오르고 있었고, 조소로 가득 찼던 얼굴은 풍선처럼 부풀어 오르고 있었다.

그렇다. 4인방의 몸이 부풀어 오르고 있는 것이다.

4인방의 몸이 빠르게 팽창했다.

"…우리 상대가 아니다."

"두, 두고 보자."

하나 달아나기엔 이미 늦었다.

나는 그들을 가리킨 손을 거두지 않았다. 그들을 끝까지 눈에 담았다.

거리가 벌어졌음에도 영체들은 꾸준히 그들의 몸에 스며들었다.

"으으으으웃… 그만."

"크으으윽, 아프다고… 아파!!"

"어버버버— 그그그마마마마안."

4인방의 몸은 커다란 애드벌룬을 연상할 정도로 비대해졌다.

움직일 수도 없다, 몸도 틀어지지 않는다, 이젠 말도 할 수 없다.

그저 입만 금붕어처럼 뻐끔거릴 따름.

그제야 4인방은 절망 어린 눈으로 나를 쳐다보았다.

이제 마무리할 때가 되었다.

"터져라!"

가리켰던 손가락을 툭, 튕겼다.

뻐어—엉!

우우우우우우웅—

비명을 폭음이 집어삼켰다.

푸스스스, 영묘 내부가 긴 여운을 담아 울리며 뿌연 피 안개에 뒤덮였다.

오직 회색 영체로 보호받는 내 주변만이 피 안개의 세례에서 깨끗할 수 있었다.

4인방이 있던 자리엔 잡다한 네크로맨서 아이템과 배낭이 남아 피 안개에 붉게 물들었다.

해방된 영체들이 냇가를 유형하는 물고기처럼 피 안개 속을 즐거이 유형했다.

끼아아아아—

기뻐하고 있음이다.

쉴라의 나무젓가락 같은 손 위에 내 손을 얹었다.

불쌍한 NPC.

자신의 스탯을 전부 나에게 부여한 그 행동이 과연 인공지능의 계산된 행동 양식이라고 말할 수 있을까?

혼란스러웠지만 안쓰러움에 축문 같은 혼잣말이 흘러나왔다.

"죽음의 서는 이제 영원히 당신 것입니다."

화라라라랏—

백색 빛이 죽음의 서에서 터져 나오며 눈이 부셨다.

Quest

죽음의 서, 봉인을 풀다.

'아— 저주가 풀리다니……'

쉴라는 분명 NPC입니다.

하지만 그 영혼 일부에 한 명의 유저가 봉인되어 있었습니다. 그 봉인이 '죽음의 서'를 통해 풀렸습니다.

스스로 선택한 봉인이기에 봉인을 푼 당신을 위해 일정 기간 봉사할 것입니다.

> 그녀는 자신의 맹약을 지키는 유저입니다.
> 그 봉사를 이어나가는 것은 당신의 역량!

무슨 말인지?

누가 쉴라 속에 봉인되어 있었다고?

이 자그만 체구 속에 과연 누가 들어앉아 있을 수 있단 말인가.

의문을 풀 사이도 없이 쉴라의 몸이 빛으로 화해 분해되기 시작했다.

서서히 흩어지다가 맹렬한 빛을 토해냈다.

그 빛의 중심지는 분명 죽음의 서!

화라라라랏―!!

빛이 타오르는 것과 같은 효과가 나타나더니 곧 뿌옇게 잦아들었다.

"허걱!!"

이게 웬일인가?!!

석판 위에 쉴라는 온데간데없고 웬 전라의 미인이 누워 있는 게 아닌가. 그리고 지금 꿈틀꿈틀 깨어나려 하고 있다.

"어어……."

두 걸음 뒤로 물러나 눈을 비볐다.

아무리 16금 게임이라지만 전라의 미인이라니…….

므흣한 상상을 하는 것과는 전혀 다른 느낌이다.

민망민망, 안절부절.

한데 눈은 석궤의 여인을 쫓고 있었다.

자기로 빚은 듯한 매끈한 피부와 너무도 선명한 굴곡, 은빛이 은은히 감도는 회색 머리칼, 오밀조밀한 얼굴에 긴 속눈썹까지… 완벽했다.

'저건 NPC만이 가능한 미모다.'

나는 다시 한 걸음 더 물러났다.

'저게 쉴라의 부활일까?'

부르르 머리를 흔들었다.

타깃팅을 당겨보았다.

"……!!"

NPC 타이틀이 뜨지 않고 있다. 그렇다면 저건 분명한 유저!

'미쳐!!'

저 미인이 깨어나기 전에 달아나야겠다는 생각이 번뜩 스치고 지나갔다.

'다 봐버렸어. 보지 않을 수가 없었어… 보고자 한 게 아니다. 난 죄없다고!!'

니는 빨리 등을 돌리고 영묘를 빗어나려 했다.

그런데 등 뒤에서 가늘고 날카로운 소리가 나를 불러 세웠다.

"잠깐! 이렇게 놔두고 가면 어떡해요?!"

"……."

'목소리까지 예술… 미치겠구나.'

나는 이 네크로지오 캐릭을 저주했다.

데스 로드가 된 것까지는 간만에 체험한 '왔다!' 였는데 이런 비정상적인 스토리에 엮여버리다니.

'데스 로드로서 전 네크로 클래스에 저주가 있으라―!!'

나는 마음속 생각과는 다르게 등을 보인 상태에서 뒷걸음질쳐 여행자용 로브를 얼른 꺼내 석궤의 미인에게 건네주었다.

"칙칙하지만 이걸로……."

"고맙습니다."

절대 뒤돌아보지 않았다.

콕콕, 그녀가 등 뒤를 손가락으로 두드려 왔다.

나는 그제야 뒤로 돌아섰다. 아주 천천히…….

다행히 여인의 얼굴을 가릴 정도로 여행자 로브는 컸다.

'내가 한 덩치는 되지.'

얼굴을 마주하지 않게 되니 민망함이 덜했다.

"아유, E&T는 정말 짓궂다니까. 첫 만남부터 너무 화끈하잖아."

"……."

'저는 화끈하지 않습니다.'

그렇게 난감해하는데,

"…제 몸매 어땠어요?"

"에, 예. 화, 화끈했습니다."

"어머머, 숫기없으신 줄 알았는데… 엉큼해."

"어버버……."

얼른 두 손으로 입을 막아야 했지만… 늦었다.

제, 젠장. 이 무슨 망발인가.

여하튼 후드에 가린 음영 속에서 반짝이는 황갈색 눈동자는
분명 쉴라의 눈빛에서 느꼈던 그 따뜻함이 가득 들어 있었다.

*　　　　*　　　　*

"그러니까 치리님은 아바타르의 함정에 탈출하기 위해
'유체 이탈'을 감행했는데 유체가 안착한 곳이 같은 데스 메
이드인 쉴라라는 것이군요."

"우여곡절은 길지만 같은 네크로맨서에 같은 히든 클래스
를 가진 NPC가 쉴라였습니다."

"하아―"

쉴라는 데스 메이드 퀘스트를 수행하기 위해 바미안 영주
성에 찾아왔다가 아바타르들과 마찰을 빚고 말았다.

탈출 불가능한 함정에 빠지자 유체만 탈출했는데, 그 안착
대상이 NPC 쉴라라는 것이다.

데스 메이드는 같은 데스 메이드가 영을 거둔다는 게 데스 메이드 규약이라나.

하지만 이도 일종의 편법적인 봉인 상태라 그녀는 NPC 쉴라의 눈으로 세상은 볼 수만 있지 들러붙은 NPC의 말과 행동은 간섭할 수가 없게 되어 있었다.

말과 행동을 간섭하는 것은 하루에 딱 한 시간여 남짓.

NPC 쉴라가 건강한 NPC였으면 그 시간은 길었겠지만 겪었다시피 쉴라는 곧 사라질 NPC라 고작 한 시간이 그녀가 자신의 마음대로 움직일 수 있는 시간의 한계였던 것이다.

나에게 말을 걸고 영주의 피를 요구한 것은 NPC이면서도 유저인… 아, 어지럽다.

여하튼 쉴라는 유저가 빙의한 NPC란 말씀.

"자, 그럼 몸도 찾았으니 다시 모험을 시작하면 되겠군요. 그럼 저는 여기서 그만."

"아, 안 돼요!"

"아차차, 게이트를 이용해 자유 도시로 보내 드리겠습니다."

그런데 그녀는 뭐가 그리 난감한지 고개를 푹 숙이고 말을 했다.

"…제 스탯 전부를 데스 로드님에게 부여했기 때문에 스탯을 돌려받으려면 제가 맹세한 약속을 지킨 다음에야 모험을 떠날 수 있어요."

"……!"

호곡― 그럴 수가…….

자신의 스탯을 복구하려면 나에게 붙어 있어야 한다는 말?!

"…그러니까 지오님 곁에서 당분산 신세를 져야 할 것 같아요……."

"잉?"

참으로 누구와 달리 다소곳한 여성 유저다. 하지만 유저가 같은 유저를 위해 봉사한다고?!

무한 난감!!

나의 난감함에 치리는 기어들어 가는 어투로 말했다.

"그리고 제 히든 클래스 자체가 데스 로드를 모시면서 성장하게 되어 있으니… 제가 어딜 가겠어요?"

"……!"

'그, 그렇지… 메이드, 데스 메이드……. 망할!'

"아직 한국 E&T에서 데스 로드가 된 유저는 지오님이 유일하잖아요. …잘 부탁합니다."

꾸벅.

"허끅―"

'당신의 서비스에 충분히 만족했습니다' 라는 말로 그녀를 보낼 수 없다는 말.

"이제부터 전 데스 메이드 치리입니다. 치리라 불러주세요."

"…이 일을 어쩐다?"

"예?"

데스 로드에 데스 메이드가 따르는 건 잘못된 게 아니다.

다만 NPC가 아니라는 게 문제지.

'제, 젠장. 미요가 알면 어떤 반응을 보일까? 왜 이리 오싹
하지…….'

말도 안 돼!!

내가 왜 가상 세계에서 일어난 인간관계를 의식해야 하나
구요—

게다 가상 세계에서 남녀 관계는 의리를 따지지 않는 게 기
본 아니던가.

이건 오랜 전통, 그래 철칙이야!

"어디 편찮으세요? 아님 제가 실수라도? …마이 로드."

"…마이 로드?! 뜨허—"

"어색하시면 주인님으로 부를게요."

"허—"

턱이 빠지는구만.

치리는 나의 고뇌(?)를 알지 못하므로 자신에게 무슨 문제
가 있다고 오인했는지 두리번거렸다.

아— 이렇게 상냥한 목소리에 외모까지 받쳐 주다니… 성
격마저 유순하지 않은가.

이때는 몰랐다, 치리가 그 유명한 '메이드 카페' 체인점의
교육 담당일 줄은…….

*　　　　*　　　　*

나는 지끈거리는 머리를 부여잡고 영주성에 있는 매서커
지오에 집중했다.

네크로 지오가 데스 로드라는 히든 클래스를 부여받으면
서 이 때문에 매서커 지오의 상태창에 수많은 변화가 있었다.

Lord

가신의 성장.

'네크로 지오, 로드로서의 길을 걷기로 하다!'
그럼에도 그는 당신을 배신할 생각이 없습니다.
영주로서의 위엄이 당당하게 섰습니다.

당연하지, 암.
내가 나를 배신한다는 건 말이 되시 않는다.
'나도 내 마음 몰라' 와는 다른 문제지.
패스!

데스 로드를 만들기 위해 800 스탯 포인트나 투자했다.
꼴랑 100포인트 돌려받아서야 수지가 맞지 않는다.
이게 끝이 아니었다.

Lord

간세 척살.

이웃 영주가 파견한 첩자를 가신 네크로 지오가 처단했습니다. 가신
인 네크로 지오가 큰 공을 세웠고 영주인 당신은 이미 충분히 치하했
습니다.
바미안을 노리는 적들이 뜨끔해합니다.
영주로서의 위신이 섰습니다.

영주 레벨이 올랐습니다. 영주 레벨이 14입니다.

어라? 이건 그 4인방이 첩자였다는 말.
죽어도 싸군.

Lord

전력 증강.

'2만에 달하는 언데드 군단이 바미안 영지를 지킬 것입니다.'

대단합니다.

이슈타르에 산재한 1만 8개의 영지 중 이와 같은 군세의 급신장은 유례가 없습니다. 적들은 당신이 보유한 비밀 군대에 대해서 아직 알지 못합니다.

당신이 보유한 군대의 위용을 드러내는 순간 적들의 간담은 오그라들 것입니다.

영주 레벨이 올랐습니다. 영주 레벨이 15입니다.

선견지명이랄까? 차곡차곡 돌아오는군.

쿤두즈 영주가 영주전을 선포했습니다.

선공한 쿤두즈 영지에 페널티가 부여되었습니다.

바미안 영지는 아바타르 길드와 DK길드와 항쟁 관계에 있습니다. 사방이 적입니다.

지쳤다.

다들 나를 말랑하게 보는 것 같은데 내가 호락하지 않음을 보여주어야 할 때가 된 거다.

도발은 저쪽에서 먼저 했다. 출병 명분은 분명하다.

기다리느니 내가 가겠다.

쿤두즈로 진격!!

*　　　*　　　*

E&T의 영주전 시스템은 간단하다.

점유자 우선!

영주전은 한 달에 한 번 벌어진다. 길드전은 서로 간의 합의에 의해 벌어지고 합의없이 기습하면 기습하는 쪽에 페널티가 부여된다.

영주전은 길드전과는 전혀 다른데, 길드들이 대다수 영지를 소유하고 있기에 유저들이 가끔 혼동하기도 한다.

여하튼 영주전을 보자.

영주전 시점 외에는 상대편 영지로 군대가 넘어갈 수 없게 되어 있다.

무슨 말이냐면 만약 아바타르가 영주전에서 패한다면 그 순간 바미안 영지 내로 넘어올 수 없게 되어 있다는 말이다.

그러면 바미안 영지의 아바타르가 구축한 클로즈 필드는?

이건 시점의 문제나.

그들은 구 영주의 잔당으로 분류되어 영지 내에 남아 있을 수 있었다.

그렇게 영주가 바뀌기 전에 그들이 구축한 기지이기에 남아 있을 수 있었고, 게이트를 통해 병력을 파견할 수도 있는 것이다. 그러나 클로즈 필드 밖으로는 나올 수 없다.

그래서 클로즈 필드에서 축출당하면서도 대규모로 병력을 일으키지 못한 것이다.

만약 내가 아바타르가 구축해 놓은 거점을 밀어내지 않았다면 어떻게 되었을까?

영주전 시 그 게이트를 통해 병력 이동이 원활하고 빠르게 이루어는 것이다. 바로 목 밑에 들이댄 검처럼.

그래서 나는 일찌감치 그 목 밑에 드리워진 검을 분질러 버렸다.

이제는 오직 영지 경계를 통해서만 진군과 진주가 가능한 것인데, 영주전 기간이 될 때까지는 통과할 수 없는 국경인 것이다.

모험가들과 여행객들은 예외로, 그들의 통행은 자유다.

자, 그럼 문제를 일으킨 DK길드의 쿤두즈 영지 문제로 넘어가 보자.

그들이 왜 죽도록 먼저 쳐달라고 시비를 걸었겠는가?

내가 먼저 치는 순간 쿤두즈 접경을 통해 DK길드가 쳐들어올 수 있는 것이다. 그것도 즉시!

잘 참았지?

그런데 반대로 내가 먼저 맞았다.

어떻게 될까?

DK길드완 이제 불구대천의 원수지간이 된 것이다.

하나 나는 국경을 넘을 수 있지만 DK길드는 영주전 기간이 될 때까지 절대 영지 경계를 넘을 수 없다는 것이다.

고로 DK길드는 사람 잘못 건드린 것이다.

죽어쓰—!

콰광— 우지끈—!!

아악—!

나의 깡통 주전자는 오랜만에 등장해 쿤두즈 영지의 국경 초소를 가뿐하게 즈려밟았다.

그들이 어찌 내가 감히 단 한 기의 골렘을 이끌고 국경을 넘을 것이라 짐작이라도 했겠는가.

거대 길드, 아니, 제법 한다 하는 조직의 공통적인 문제점은 무엇인가.

바로 그거다, 자만심!

자만심이 그들의 눈을 가리는 것이다.

접경임에도 변변한 병력이 없었다.

후우우우우웅—

초소 뒷편에 위치한 게이트에서 발생한 빛의 와류가 뒤늦은 기동대의 투입을 알려왔다.

"오냐, 이제야 오느냐?!"

3, 2, 1··· 숫자를 헤아리며 DK길드원들이 넘어오길 기다렸다.

빛의 평면 와류에 사람 그림자가 비추어졌다.

"바미안 특제 쇠빵이다. 맛 좀 보셔—!"

슈아아아악— 파슛!

빛의 와류 정중앙으로 검은 구체가 빨려들어 갔다.

프챠앙—

"크아아아악!!"

특제 빵? 별거 아니다.

커다란 수박통만 한 쇠구슬이다.

골렘의 원거리 엄호를 위해 경험을 바탕으로 머리를 굴린 게 쇠구슬이다.

'현실의 슈팅 아머를 교육받을 때 수박통을 1분 안에 얼마나 많은 양을 터뜨리지 않고 옮기느냐로 고과를 매겼지.'

그 훈련 덕에 쇠구슬 정도면 손에 착 감기는 흉기로 화하기는 여반장인 것이다.

"므화홧—!"

헉스 영감이 감각이 무뎌진다 투덜거렸지만 어쩔 것인가.

찌꺼기 잡철을 뭉쳐서 만들었으니 이 정도면 저렴한 거다.

쇠구슬이 떨어진 게이트 반대편 풍경을 보지 못해 안타까울 뿐이군. 무지 아플 것이다.

확성관에 녹음된 음성을 최대한으로 키운 후 쿤두즈 영지로 전진했다.

"잔.챙.이.는 가라—!!"

*   *   *

"……!"

큼직한 검은 실루엣에 해골 마크.

저게 무엇인가?

강철거인이 아닌가. 대수는 하나, 둘… 다섯!

다섯 기나 된다.

이 빌어먹을 자식들이! 어쩐지…….

그렇다.

길드전에 활약하는 강철거인들의 무식한 동영상이 퍼지면서 강철거인을 상대로 달려드는 유저는 더 이상 없다.

이제 전장은 강철거인은 강철거인으로 맞붙어야 한다는 생각이 당연시 되고 있으니 이처럼 미리 이동시켜 놓은 것이다.

그리고 DK길드는 바미안 영지를 침공하려 작정하고 있었음이 확실하게 밝혀진 것이기도.

엉지 경계의 허술한 초소는 위장이란 말.

썩을—!

구우우우웅— 쳐정!

눈앞에 다섯 기의 강철거인이 일시에 몸을 일으켰다.

3.3미터짜리 거검을 든 기체가 둘, 8미터짜리 피뢰침을 연상시키는 창을 든 기체가 둘, 그리고 원추형 햄머를 양손에 짧게 든 기체가 한 기였다.

위기가 닥쳤음에도 깡통 주전자는 계속해서 반복된 문구를 토하고 있다.

"잔.챙.이.는 가라—!!"

"……."

'어어, 상당히 열 받아 할 것 같은데… 에라, 얼마나 적응했겠어? 한번 엉겨보는 거야—!!'

나는 이미 아바타르들을 상대로 한국 유저들의 강철거인 운영 능력이 대략 어떠하다는 것을 경험했다.

기본 이상의 동작은 나올진 몰라도 한 1년은 몸에 익숙해져야 탄력 있는 기동이 나올 것이다.

쇳덩어리에 탄력을 붙이는 것, 하루아침에 이루어지는 기예가 아니다.

이것은 내 자랑이 아니다. 목숨 걸고 슈팅 아머를 운용한 경험자로서 할 수 있는 당영한 판단이다.

하지만 눈앞에 문제는 적이 다섯이라는 것.

'빌어먹을, 떼로 덤벼들려고 작정을 했구나.'

검을 든 두 기체가 정면에 서고 창을 든 두 기체가 창끝을 내 가슴치에 겨누며 접근해 왔다.

즈즈즈중— 츠층!

성급하지 않게 조근조근.

'저 녀석은……?

둥근 둔기를 든 기체는 어깨에 햄머를 둘러메고 약간 각이 벗어난 위치에 자리했다. 마치 이 싸움은 자기 일이 아니라는 듯이 방관자적으로.

'거슬려… 방관하려는 게 아냐!'

나라도 저런 식으로 비스듬히 각을 잡을 것이다.

어물쩡 물러나면 쾌속으로 달려들어 치명적인 타격을 가하기 딱 좋은 각도.

그렇다. 경험이 없으면 잡기 어려운 위치와 각도, 그리고 자세.

'그만큼 골렘 오너가 기동에 자신이 있다는 건데… 혹시 슈팅 아머 유경험자? 그럴 리가…….'

둔기를 든 녀석에 신경이 쏠리는 가운데 네 기의 강철거인이 침착하게 접근해 왔다.

쿠쿠쿠쿠쿵, 그그그그궁—

자세를 낮추어 들이밀며 걸어왔기에 지축이 흔들리지도, 먼지가 일어나지도 않았다.

내신 팽팽한 긴장감이 몰려왔다.

'제대로 가다듬었어. 누군가가 가르쳤다.'

나의 의문을 풀어줄 이는 아무도 없다. 그리고 한가하게 생각할 틈도 없었다.

거리가 점점 줄어들어 15미터 내외로 좁혀졌기에.

문제의 둔기로 무장한 강철거인이 접근하는 네 기의 강철거인에 가려 반쯤 모습이 가려졌다. 그러나 살짝 옆으로 이동해 내 시야에 완벽하게 자신의 모습을 드러냈다.

번뜩!!

역시, 구경하고 있을 생각이 없음이다.

'물러나지 않으면 된다. 앞이나 신경 쓰자.'

등골로 서늘한 기분이 타고 올라왔다.

아바타르들을 상대할 때 느낄 수 없었던 느낌이다.

"후후, 그럼 쉬운 상대부터……."

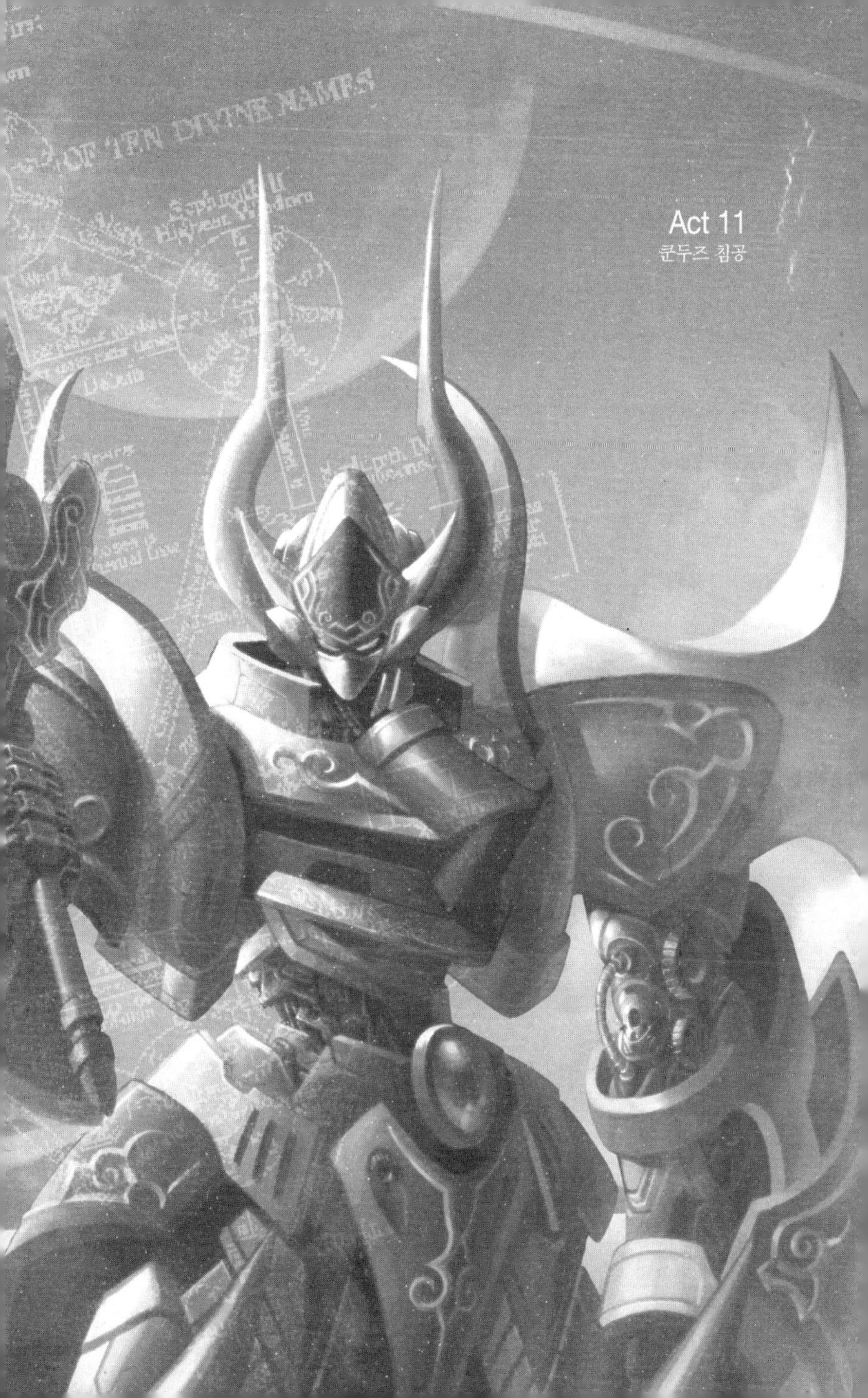

Act 11
쿤두즈 침공

機甲戰記
Massacre
기갑전기 매서커

　강철거인 네 기의 조여드는 모습은 아마추어의 그것을 벗어난 상태였다.

　프로인지는 격돌해 보면 안다.

　적들의 기체를 살폈다.

　적들의 장갑은 볼륨감이 충실했다.

　하나 장갑을 손수 제작하고 부착까지 한 내 눈에 찰 정도는 아니다.

　'저 정도 곡면 처리를 했으면 장갑 두께는 형편없을 터. 반면 내 장갑은 어깨부터 복부까지 통잡이 주물!'

　현재 대다수의 골렘들은 굴곡이 선명한 기사형 장갑을 채

용하고 있다. 중량감이 주는 멋이 있다.

던전에서 출토된 장갑이 대부분 그런 형태를 갖추고 있다.

출토품을 표준으로 장갑 소모품을 갖추다 보니 대다수 강철거인들의 장갑들이 얇을 수밖에 없다.

기동성과 기동 시간을 염두에 둔다면 이런 얇고 곡면 처리된 장갑이 맞다.

하나 강철거인끼리 맞붙는다면 양철 장갑이나 마찬가지.

이들에 비해 깡통 주전자의 장갑은 외관은 흡사하지만 어깨와 조종석을 감싼 가슴과 배 부위가 기형적으로 튀어나와 있다.

마치 공기를 과다 주입한 풍선을 점퍼 안에 넣은 것과 같은 외관. 반면 하체는 빈약할 정도로 부실하다.

그렇다. 나의 깡통 주전자는 상체 과비만의 기형적 외관이다.

내 모습이 저들의 관심을 끌었음인지 적으로부터 우호 통신이 들어왔다.

[하이구— 한 달 영주님께서 이렇게 행차하시다니 몸둘 바를 모르겠소이다. 아냐, 아냐. 이렇게 되면 보름 영주인가요? 하하핫—]

[크크큭, 다리품을 제법 파신 것 같은데 얼마나 버티시려나?!]

[우리를 멍청한 아바타르들과 같이 생각하는 것 같은데, 큰

오산입니다.]

[촌스러운 배불뚝이 장갑하며… 바빴구먼. 크크큭.]

기를 죽이려는 것이다.

'…누굴 상대로.'

그런데 내 생각을 확성관이 대신해 주었다.

"잔 챈 이 는 가라—!!"

절묘한 타이밍이라 해야 하나.

[이익, 건방진—]

[이놈이—!]

[나서지 마!! 아직 아냐.]

[침착, 침착. 작전대로, 작전대로!]

나서려는 2인과 제지하는 2인 사이에 통신이 엇갈렸다.

그때, 징중한 어투가 흘러나왔다.

[그만! 홍분하면 훈련한 성과의 반의반도 못 발휘한다. 우리가 아바타르와 다름을 잊었는가?!]

그러자,

[……]

[시정하겠습니다.]

[죄송합니다.]

3인이 통신을 날린 강철거인에게 존경을 담아 대답했다.

같은 유저끼리는 좀체 볼 수 없는 깍듯한 예의였다.

물론 미꾸라지는 있다.

[다크 형— 걱정 붙들어매시셩!! 형한테 두 달간 단련받은 우리요. 돈으로 골렘 오너가 된 아바타르들과 같을 리 없잖아요.]

방금 말한 유저인 듯한 강철거인은 길다란 창으로 빈 공간을 찔러댔다.

슈슈슈슈슉, 파파팟—!

빈 공간 여덟 지점에서 팟팟! 하며 카메라 플레시 터지는 듯한 섬광이 생겼다가 사라졌다.

이에 처음 침묵했던 유저가 말을 명랑하게 받았다.

[보신 대로입니다. 실제 워크 아머를 다룬 우리입니다. 창고에서 힘들어 죽는 줄 알았다고요—]

[맞아요, 열 시간의 가혹한 중노동을 견뎌낸 저휩니다.]

[운만 가득한 저자와 감각이 같을 수 없다니까요.]

내 기를 죽이고자 함이 느껴졌다.

'그랬군. 워크 아머라… 그래서 기동이 진중하군. 무기도 몸에 착 달라붙었어. 그런데 달랑 두 달이라… 어깨에 힘이 잔뜩 들어갈 때지.'

[조용! 조용히 상대에 집중! 상대의 자세를 봐라!]

[……]

[…설마 했는데, 그는… 프로다. 그것도 상당한!]

역시, 보는 눈이 남다르군.

'호오, 당신 제법이야.'

[에, 예?!]

[무슨······.]

버럭 크게 소리를 지르는 다크라는 유저.

[집중해. 그렇다고 너희들이 못 이길 상대는 아니다. 더 이상 떠들지 마라. DK길드원들이 보도록 카메라를 작동했다. 모두가 보고 있다.]

[아―]

[연습한 대로 과감하게 하는 거야―!]

[예―!]

길드원들에게 생중계까지 하시겠다?

'훗, 나야 좋지.'

거리는 좁혀졌다.

거대한 검과 안테나를 연상시키는 창끝이 눈앞에서 선명한 예기를 발했다.

창을 겨눈 강철거인 둘이 먼저 움직였다.

츠층, 처억!

자리를 잡고 견주어 서더니 창끝으로 위협적인 견제를 하기 시작했다.

슈슛, 슈슉!

시야가 흔들릴 정도로 창끝이 종횡으로 요동쳤고 파노라마 사이트를 어지럽혔다.

이에 맞추어 거검을 겨눈 두 기의 강철거인이 앞으로 치고 나왔다.

쿵쿵쿵쿵—!

지금까지의 조심스러운 접근과는 거리가 먼 박력이 전해져 왔다.

검을 치켜든 두 기가 빠르게 전진하자 창을 든 두 기의 골렘은 큰 보폭으로 한 번 전진하며 창끝을 세차게 내질러왔다.

창끝의 목표는 조종석 부위!

동시에 두 개의 검이 중량을 가득 담아 종으로 치고 들어왔다.

휘이이잉, 부우우우욱—

거대한 검이 대기를 가르는 파공음이 공간을 가득 메웠다.

검을 막을 것인가, 창을 막을 것인가?

"으햐압!!"

깡통 주전자의 무릎을 주저앉혔다.

쯔즈즈즁! 갑작스럽게 몰린 하중에 무릎 관절이 비명을 토했다.

동시에 머리가 땅에 닿을 정도로 등을 눕혔다.

실상의 나라면 할 수 없는 곡예적인 드러눕기.

두툼한 배 위로 두 개의 창이 스크레치를 내며 지나갔다.

치리리리릿—

타격점을 놓친 검은 허공을 가르고 맨땅을 가격했다.

쿠커커걱―!

누일 때의 반동을 그대로 살려 상체를 벌떡 일으켰다.

이도 기계니까 가능한 일으키기.

어깨 위로 창대가 걸리며 활대같이 하늘을 향해 휘어졌다.

트터엉엉― 후우우웅―

창대를 어깨에 걸친 상태로 앞으로 순간적인 동작으로 짧게 전진했다.

"하압―!!"

순간, 창대는 순간적으로 몰린 힘을 상쇄하지 못하고 부러졌다.

탕아앙―!

경쾌한 파괴음이 부러진 창대에서 터져 나왔고, 두 기의 고렘은 세 걸음이나 경중경중 중심을 잃으며 뒤로 물러났다.

[으헛―!]

[앗!]

창대가 사라지자 양팔이 자유를 얻었다.

바로 눈앞에 거검을 내려친 강철거인들의 팔이 보였다.

냉정함을 찾아 회수하려는 게 느껴졌다.

늦었어!

좌에서 우로 검을 크게 그렸다.

"카압!!"

슈이이이잉― 스터엉―!!

약간 드러난 손목 부위를 정확하게 검이 훑고 지나갔다.

[아앗— 손이…….]

[크읍, 엄호를…….]

다들 당황했는지 우호 통신을 그대로 사용하고 있었다.

'그럴 것이다. 그리고 더욱 침착하기 힘들 것이다.'

바싹 다가들었다.

네 기의 골렘에 가려 문제의 둔기를 든 골렘은 보이지 않았다.

나는 팔목이 잘려 나가 물러나려는 골렘을 베지 않고, 물러나는 거리만큼 바싹 붙어 다가들었다. 검을 휘두르면 충분히 적을 제압할 수 있는 간격.

그러니 다급한 것은 저들이었다.

[…떨어져!]

[히익!!]

그렇게 벨 수 있지만 베지 않았다.

부러진 창을 든 강철거인이 물러난 위치까지 검끝으로 위협하며 물러나게 만들었다.

손목이 잘려 나간 골렘이나 무기가 부러져 나간 골렘이나 나를 막을 수는 없다.

부러진 창을 든 두 기의 골렘은 여전히 당황했는지 부러진 창을 그대로 단단히 들고 있었다.

'내 목표는 니희들이 아니다.'

"후압!!"

동화율을 끌어올렸다.

손목 없이 허우적대는 골렘을 어깨로 밀어제꼈다.

투탕—!!

부러진 창대 끝을 겨누는 골렘을 무시하고 무딘 창끝에 두 툼한 복부를 들이밀었다.

끼이이이익—

귀로 스크레치 소리가 날카롭게 파고들었다.

이까짓 게 치명적일 순 없다.

부러진 창을 든 골렘은 본능적으로 옆으로 자세를 틀며 본 의 아니게 길을 열어주었다.

보였다!

둥근 둔기를 걸친 골렘이 그제야 어깨에 걸친 둔기를 교차 해 들려 하고 있었다.

[물러나지 마, 몸으로라도 엉겨붙어!!]

뒤늦은 주문이라.

"먹어—!!"

검을 어깨너머로 젖혔다 앞으로 크게 뿌렸다.

거리는 3미터 30센티!

3미터짜리 검신으로 타격하기엔 거리가 약간 못 미친다.

하나 상대는 임기응변식으로 커다란 둔기를 붙이며 방패

처럼 막아왔다. 감각이 있었다.

슈악—!!

둔기가 마주 붙기 전 검끝이 그 사이를 지나갔다.

스컹!

눈앞에 직선의 새파란 스파크가 터졌다.

지잉—

손을 타고 쩌릿한 전율이 타고 올라왔다.

'벴다—!'

둔기 사이를 파고든 검이 적의 턱 아래 가슴 장갑 부위부터 배 아래까지 가르고 지나간 것이다.

검의 손잡이 끝 부분이 왼손이 아슬하게 걸쳐 있다.

손잡이 길이는 70센티, 왼손 끝에 걸렸으니 3미터 길이의 검날이 최대 0.5미터 정도 더 길어진 것과 진배없다.

그 늘어간 길이만큼 장갑을 가르고 탑승 오너까지 가른 것이다.

손으로 느꼈으니 더 이상 확인할 필요를 느끼지 못했다.

바로 즉시 몸을 틀어 가까운 강철거인을 찾아 검을 먹였다.

슈가가각, 파슛!!

[크흡—!]

두 번째 데드.

왼손 축을 이용한 베기는 명쾌하게 적 골렘의 장갑을 갈랐

다. 검이 지나간 자리에 조개 입이 벌어지듯 상처가 생겨났
다.

　[달아나, 흩어져서 달아나자. 이놈은 사람이 아니다!]

　[사기야— 이럴 순 없어!!]

　나는 이들의 당황을 즐기며 검을 크게 휘둘렀다.

　슈가각, 파슷—!

　[아악!!]

　세 놈째 데드.

　허둥지둥 달아나는 둘을 쫓아 등 뒤에서 검을 밀어 넣었
다.

　크즈즛, 파슉!!

　[커억!!]

　네 놈째 데드.

　발로 적의 등을 걸어차 검을 뽑았다.

　마지막 남은 한 기의 골렘이 저 멀리 달아나고 있었다.

　"이게 가능할까… 어디 한번."

　아바타를 상대로 검을 내던졌을 때의 감각을 불러일으켰
다.

　검은 아지랑이가 자라나 마지막 남은 강철거인의 등 뒤로
연결되었다.

　오—!

　뽑아 든 검을 냅다 던졌다.

검이 사납게 회전하며 검은 실을 따라 커다란 은색 원이 타고 가는 것처럼 보였다.

휘리리리리잉, 카카캉—!

[억… 이럴 수가…….]

정확하게 정중앙에 박히진 않았다.

하지만 마지막 남은 적은 휘청거리며 주저앉았다.

투텅!!

검이 복부를 관통하며 주행 축을 망가뜨린 것이다.

다가가 발로 걷어차며 만신창이가 된 검을 뽑아 들었다.

스그그그궁, 투승.

날이 무딘 톱을 당기는 느낌이 들었다.

하지만 검끝은 깨끗했다.

처음으로 적들에게 우호 통신을 날리며 검끝을 등 정중앙에 밀어 넣었다.

[잘 가시오!!]

스컹—!!

[…윽.]

다섯 번째 데드!!!

주위가 고요에 잠겼다.

강철거인들을 서포트했던 DK길드원들이 부리나케 달아나는 모습이 저멀리 작게 잡혔다.

    *   *   *

응?!

등 뒤로 묘한 느낌이 전해졌다.

뒤를 돌아보았다.

쓰러진 강철거인의 등 뒤로 비틀거리며 하나의 인영이 기어나왔다.

이런, 둔기를 든 골렘의 오너였다.

그는 한동안 정신이 멍멍한지 자신의 골렘에 기대어 숨을 크게 내쉬기를 반복했다.

그리곤 나를 힘겹게 바라보았다.

"……!"

얼굴 정중앙에 붉은 혈선이 선명했다.

무언가 이야기를 하려는 듯하다가 그만두고는 나를 향해 엄지를 추켜세웠다. 비아냥이 아닌 순수함이 느껴졌다.

아군들 틈 속에 숨어서 접근한 나의 전술을 인정함이다.

기묘한 기분에 그를 향해 고개를 끄덕였다.

그러자 곧 그는 엄지 끝부터 검은빛으로 분해되어 사라지기 시작했다.

솨아아아—

숲 속에서 세찬 바람이 불어 그의 잔영을 멀리 날려 보냈다.

그렇게 다크라 불리는 유저의 모습은 완전히 사라졌다.

후우우우웅—

Quest

다크 나이트, 쓰러지다.

'깨끗한 승부… 승복합니다.'

그는 '다크 나이트'라는 히든 클래스를 부여받은 148레벨의 유저!

쿤두즈 영지의 기사단장이기도 합니다.

보상:골렘 기동 시간이 쿤두즈 영지 내에선 18% 늘어납니다.

그 외 지역에서는 3% 늘어납니다.

스탯 포인트 100을 부여합니다.

스킬 포인트 10을 부여합니다.

레벨업을 하셨습니다.

"……!!"

그는 내가 데드시킨 유저 중 최고 레벨이었다.

그게 다가 아니었다.

둥둥둥둥둥—

Quest

매서커, 다크 나이트 수여권 획득.

'당신의 등 뒤를 받쳐 줄 기사 중의 기사를 가려라!'

매서커가 '다크 나이트' 히든 클래스의 수여권자로 지정되었습니다.

전우 또는 히든 클래스를 부여받지 못한 동료에게 당신이 직접 후견

인으로서 히든 클래스를 수여할 수 있습니다.

다크 나이트를 동료에게 부여하면서 다크 나이트의 고유 특질 하나를

매서커에게 적용시킬 수 있습니다.

매서커… 더욱 난폭한 학살자로 성장할 수 있게 되었습니다.

다크 나이트라… 이것을 누구에게 수여할까?

고민에 들 틈이 없었다.

처쩡―

Quest

선구적인 기동.

'놀라운 유연성과 탄력!'

놀라운 기동으로 다섯 기의 골렘을 대파시켰습니다.

골렘 오너를 교육시킬 수 있는 충분한 권위가 생겼습니다.

보상:운전 중량이 3톤 늘어났습니다.

기동 시간이 30분 늘어났습니다.

한 달에 한 명, 당신이 교육시킨 유저에 한해 골렘 오너 자격을 부
여할 수 있습니다.

기동 시간 충전 속도가 10% 빨라집니다.

둥둥둥둥—

Lord

영주의 무훈.

'쿤두즈 다섯 기사를 쓰러뜨리다.'

당신은 적들과 정당하게 겨뤄 승리했습니다.

이는 이슈타르 인들이 바라는 영주상입니다.

영지민들이 당신을 자랑스럽게 생각하기 시작했습니다.

호감도가 급증했습니다.

영주 레벨이 올랐습니다. 영주 레벨 16입니다.

주르르르룩—

상태창의 교향곡이 웅장하게 연주되었다.

여기서도 축하, 저기서도 축하!

*　　　　*　　　　*

앞으로 달려나갔다.

쿵쿵쿵쿵— 우드드등.

골렘 기동 시간의 한계는 명확하다.

　격전을 거친 다음이니 이제 20분 남짓 남아 있을 것이라 추측되어졌다. 아니나 다를까,

경고!

기동 시간: 최대 출력으로 3분 기동 가능합니다.

　　　　　정속 출력으로 12분 이동 가능합니다.

　　　　　대기 상태 3ㅁ분 유지할 수 있습니다.

'여기까지인가… 위치가 괜찮군.'

조용히 골렘을 정지시켰다.

후우우우우웅—

골렘을 정지시키자 빼곡한 나뭇가지 사이로 햇빛이 가늘게 새어 들어왔다.

주변은 새소리마저 하나 없이 평화롭고 고요했다.

충전 모드로 전환시켰다.

깡통 주전자가 기동 시간 충전에 들어갑니다.

경고!

'충전 중 회피 기동엔 한계가 있습니다.'

적지 한복판, 위험합니다. 비권장 충전 지역입니다!

게다 골렘이 기동하기 부적절한 지형입니다.

정비 기동 시간을 합치면 바미안 영지까지 물러날 수 있습니다. 정중히 회군할 것을 권고합니다.

그럴 바에는 애당초 이렇게 깊이 오지 않았다.

이 숲만 벗어나면 쿤두즈 성이다. 그리고 이런 지형은 골렘에겐 불리할진 몰라도 전혀 그렇지 않은 캐릭이 나에겐 있었다.

주변은 고요했고 스며들던 햇빛이 가늘게 옅어지며 스르륵 사라졌다.

그렇게 숲은 빠르게 해질녘의 옅은 어둠에 잠겨졌다.

저 멀리 깡통 주전자가 멈추기를 기다리며 지켜보던 무리가 움직이는 게 느껴졌다.

아름드리 거목 위로 무수한 인영들이 모습을 드러냈다.

휘휙, 턱!

나무와 나무 사이를 비쾌하게 이동하며 깡통 주전자를 중심으로 포위해 들어왔다.

거리는 30미터를 유지했다.

손에 든 뼈 단검에서 불길한 우윳빛이 흘러나왔다.

유인이 아닌지 탐색하는 게 역력했다.

'어쌔신이면서 네크로맨서인 유저들이로군.'

나는 강철거인의 어깨 위에 모습을 당당히 드러냈다.

어—!

나무 위에서 내 동태를 살피는 DK길드원들 사이에서 믿을 수 없다는 짧은 신음이 흘러나왔다.

골렘 오너가 강철거인에서 내려야 빠르게 기동 시간 충전에 든다.

하지만 그렇다고 무수한 적들이 애워싼 지역에서 모습을 드러내다니… 미친 짓으로 보일 터이다.

그리고 하늘을 올려다보며 먼 거리에서 발한 스킬이 들어오기를 조용히 기다렸다.

DK길드원들이 막 움직이려 하는데 숲을 뚫고 회색빛 다발이 나에게 떨어졌다.

Quest

데스 로드의 권능!

'빙의—!!'

당신의 몸을 데스 로드가 사용하고자 합니다.

일시적으로 데스 로드가 되는 것입니다.

그 권능을 이용해 위기를 벗어나겠지만 그 과정에 이루어진 모든 성과는 데스 로드에 귀속됩니다.

데스 로드의 빙의를 받아들이겠습니까?

"옙!!"

당연하지 않은가, 내가 나에게 힘을 부여하는 것이니.

당신은 이제부터 데스 로드입니다.

츄와아아아앙—!!

매서커를 중심으로 회색 섬광의 파도가 숲으로 번져 나갔다.

순간 매서커의 스탯이 데스 로드인 네크로 지오의 스탯으로 변했다.

끼리끼리 논다고 했다.

학살자나 죽음의 군주나 죽음을 달고 다니는 사신인 것은 진배없다.

그렇게 매서커는 데스 로드로 화했다.

휘이이이잉―

데스 로드를 중심으로 차가운 바람이 불었다.

"이얍!!"

"본 에로우!!"

"본 스피어―!!"

쏴쏴쏴쏴아― 스파앗!!

단검을 든 DK유저들이 달려왔고 이들을 엄호하는 마법이 뿌려졌다.

쏟아지는 마법체를 향해 손바닥을 펼쳐 보였다.

회색 막이 원을 그리며 생겨났다.

츠츳팡―!

푸스스스―

네크로맨서들의 공격 마법이 막에 닿자마자 흔적도 없이 사라지고 흩어졌다.

마치 이동 게이트를 향해 돌을 던진 것과 같은 그림이었다.

"앗!!"

"저럴 수가!"

"어떻게······."

놀라시기는. 그럼 데스 로드로 화한 시간을 알차게 보내보실까—

"후우우우우우—"

'죽음의 서, 안식처를 찾아서—!'

내 몸에서 회색 영체들이 쏟아져 나왔다.

우우우우우—!!

나를 중심으로 해바라기가 활짝 핀 모양이 연상되는 그림이다.

이 해바라기 꽃잎 끝에서 흘러나온 영체들은 숲 여기저기로 흩어져 날아갔다.

마치 거친 물살을 헤쳐 올라가는 산천어의 유형을 보는 듯했다.

마이너스 정신 세계를 가진 모든 캐릭들이 안식처를 찾는 영체들의 목표였다.

"뭐냐? 어어엇—"

"···떨어지란 말이다."

"이건 뭐야? 왜 자꾸 들어오는 거야."

이들은 어쌔신 클래스로 스탯을 나누었기에 받아들이고 감당할 수 있는 영체의 숫자는 많을 수가 없었다.

나무 위에 날렵한 차림의 이들이 곧 고무 풍선 부풀 듯이 부풀어 올랐다.

"으으으읏— 이러지 마!!"

그리고…….

퍼엉!!

온몸이 터져 갔다.

"크아악!!"

어둠에 싸인 숲은 아비규환의 절규로 가득 채워졌고,

푸스스스슷—

짙은 피 안개가 생겨나 옅은 어둠을 덮었다.

영체들은 신이 났다.

깡통 주전자를 중심으로 휘감아 올라갔다 떨어지며 피 안개 속을 자유로이 유형했다.

그리고 곧 언데드 몬스터들이 몰려왔다.

꾸어어어억—

쿼에에에~

쿠쿠쿠쿠쿵—!!

본 트롤에 본 오우거까지 제법 심혈을 기울여 소환한 거체의 언데드 몬스터들이었다.

고렙의 네크로맨서들이 내보낸 것이리라.

'거대한 언데드… 하지만 소용없다.'

영체들은 달려오는 언데드 소환체를 무시하고 소환 주체를 찾아 파고들었다.

"흐윽, 저리 가―!"

"사라지라고!!"

퍼펑!!

파스스스슷―

마이너스 정신력이 큰 그들이지만 예외없이 몸들이 터져 나갔다.

그렇게 소환 주체들은 무기력하게 사라졌다.

소환체들은 깡통 주전자의 발치까지 기세 좋게 와서는 어그적어그적 팔을 휘젓다가 풀썩 주저앉아 버렸다.

구어어어억, 프르르릉.

쿠우웅― 트드등―!

아비규환의 숲 속엔 풍선 터지는 소리가 뻥뻥 울리며 기괴함을 더해갔다.

더 이상 풍선 터지는 소리는 숲 속에서 울리지 않았다.

영체들이 내 몸 주위를 빙글빙글 돌며 짙은 회색 토네이도를 만들었다.

슈류류류류릉―

　반경 300미터… DK길드의 특공조 중 살아서 숲을 벗어난 캐릭은 아무도 없음을 뜻함이다.

　고오오오옹—

　멀리 날아갔던 영체들이 돌아오고 있었다.

　'암, 나의 뜨거움 가슴으로 정화시켜 주지.'

　회색의 영체들은 검은 영체들에 들러붙어 있었다.

　아니, 검은 영체는 딸려가지 않으려고 악을 쓰며 몸부림치는 중이었고, 회색 영체들이 그런 영체를 죄인 호송하듯이 팔과 다리를 붙들고 있는 것이었다.

　검은 영체?

　그렇다.

　데드당한 DK길드 네크로맨서들이었다.

　나의 영체들은 얼굴 한가득 웃으며 몸부림치는 검은 영체를 끌고 내 몸속으로 들어왔다.

쉬이이이잉!

영체 전환!

'군대의 위용에 머리가 숙여집니다.'

포로로 잡힌 1만8개의 타락한 영혼이 데스 로드를 따르기로 맹세합니다.

1만8개의 영혼이 영체로 전환되었습니다.

군대 성원이 늘어났습니다.

후후, 적의 영혼을 흡수해 군대를 늘린다?!

제법 매력적이다.

데스 로드에게 보너스 스탯 포인트 1이 주어졌습니다.

유저를 죽임으로써 성장하는 새로운 캐릭의 탄생이 아니고 무엇이랴.

영체들은 아쉬운듯이 크게 한 번씩 유영하고는 돌아 들어왔다.

솨솨솨솨솨—

영체가 돌아오는 소리는 마치 바람이 솔잎을 건드리는 소리와 흡사했다.

머리 위 토네이도를 그리며 유영하던 영체들이 정수리를 통해 빨려 들어왔다.

마지막 영체가 들어오는 순간 척추 끝이 쩌릿함을 느꼈다.

부르르르르—

어떤가?

깡통 주전자의 기동 시간 충전.

무방비로 노출된 것처럼 보여도 나는 여전히 무적이다.

*   *   *

우르르르, 콰광—!!

크아아악—!

나는 다크의 둔기로 마법을 난사하는 타워를 단박에 주저앉혔다.

발치에는 강철거인 하나가 가슴이 함몰되어 너부러져 있었다.

1:1로 내 상대가 될 리 없었다.

그렇게 외성을 지키던 강철거인과 타워가 무용지물이 되었다.

그리고 외성 벽을 지키던 DK길드 정예들은 데스 로드의 군대에 새로 입대시켜 버렸다.

외성 문을 통해 레드 홀의 엄호를 받으며 데스 로드 지오가 들어서고 있었고, 쿤두즈 성내엔 회색 영체들로 가득 찼다.

내성 문을 통해 한 기의 골렘이 뛰쳐나왔다.

쿵쿵쿵—!

성난 코뿔소마냥 달려와 휘두르는 검을 둔기로 막았다.

츠카캉—!!

검이 둥근 면을 타고 빗끌려 흘러내렸다.

순간 적의 강철거인이 휘청하며 중심을 잃었다.

"쯧쯧, 그렇게 어설퍼서야……."

막은 자세를 틀어 반대편 둔기로 적 골렘의 훤히 드러난 어깨를 내려쳤다.

부우우우웅— 쩌정!!

[크헥!!]

나름 기습했지만 얼마 버티지 못하고 너부러졌다.

둥근 둔기, 이거 물건이었다.

성벽, 성문, 타워까지 까는 족족 파괴적인 성과를 만들어냈다.

열린 내성 문을 통해 내성에 진입했다.

쉬리리리링— 춧파앙—!!

간간이 순수 마법 공격이 쇄도했지만 강철거인에게는 무의미했다.

육탄으로 몸을 날리는 용감한 기사들도 있었지만 내기 휘
두르는 둔기에 처참하게 튕겨져 나갔다.

이 무의미한 전투를 끝마치려면 영지 표석을 찾아야 했다.

일명 영지석!

사각형의 웅장한 아성[Keep]이 보였다.

그 앞에는 작은 오벨리스크 모양의 표지석이 서 있었다.

저것이다.

아성 위에서 온갖 마법체가 쏟아져 내렸다. 이때만큼은 깡
통 주전자의 마력 방어진을 풀로 확산시켰다.

화라라라랏— 스텅!

둥근 막이 깡통 주전자를 중심으로 만들어졌다.

트둥— 투우웅—!

둥근 막을 유지한 채 표지석을 꺼떡 들어 올렸다.

쿠드드드득!!

3미터 높이의 표지석이 가뿐하게 들렸다.

그러자,

뺨빠라뺨뺨—!!

쿤두즈 영지는 바미안 영지에 병합되었습니다.

이어, 공지가 시끄럽게 올라왔다.

DK길드원들은 더 이상의 적대 행위를 중지하십시오.

…여러분이 패했습니다.

이 시간부로 쿤두즈 영지는 바미안 영지에 복속되었습니다.

마법이 날아오던 아성을 중심으로 고요에 들었다.

구 영주의 추종자들은 영지 밖으로 이동해 주십시오.

게이트는 봉쇄 되었습니다.

쿤두즈 영지에 남은 DK길드원들의 정신력과 육체력이 제로 상태에 듭니다.

스킬은 락이 걸립니다.

모든 버퍼는 무로 돌아갑니다.

…….

몸만 빠져나갈 수 있습니다.

곳곳에서 안타까운 탄성이 새어 나왔다.

발치에 엉겨붙던 언데드 몬스터들도 역소환되어 땅속으로 스며들었다.

나는 표지석을 들어 광장 중앙 분수 옆으로 옮겨 내려놓았다.

바미안의 용지석도 분수 옆에 놓아두었다.

이것이 나의 빙식.

투둥―!

Lord

쿤두즈의 정복자, 지오.

'당신은 쿤두즈를 병탄했습니다.'

바미안 영지의 첫 식민 영지가 탄생한 것입니다.

그 과정은 험난했습니다.

구 세력이 떠난 다음 남은 쿤두즈의 영지민들을 위무하십시오.

식민 영지라… 좋았어!

바로 옆은 아바타르의 주력이 점거한 카불 영지라 했다.

아바타르여, 오지 마라!

내가 찾아가마!!

『기갑전기 매서커』 5권에 계속…

"오홋홋— 바미안의 치욕을 갚을 때가 왔다."

가시 없는 장미, 스스로를 보스 몬스터화 하다!

Rough Sketch - Yu Ra Kim

Book Publishing CHUNGEORAM

청운하 新무협 판타지 소설

백팔번뇌

百八煩惱

세상은 날 버렸다.
나 또한 세상을 버렸다.

놈이 선택한 그들이 흘린 쓰레기를…
난 그저 주워 먹었을 뿐이다.
그러므로 난 여전히 배가 고프다.

일류(一流)가 되기 위해서라면…
난 기꺼이 신마저 집어삼킬 것이다.

유행이 아닌 자유추구 -
WWW.chungeoram.com

Book Publishing CHUNGEORAM

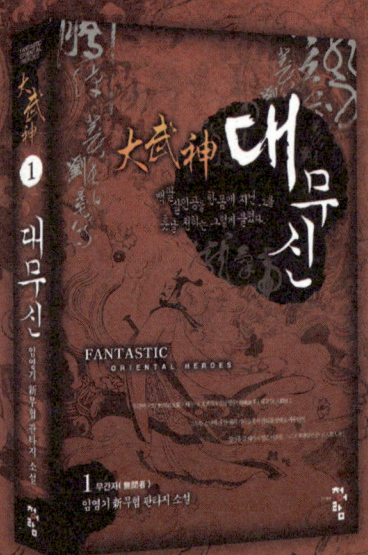

백팔살인공을 한 몸에 지닌 그를
훗날 천하는 그렇게 불렀다.

대무신 大武神

임영기 新무협 판타지 소설

무간백구호(無間百九號). 태무악(太武岳).
신풍혈수(神風血手). 대살성(大殺星).

고독한 소년이 세 살 때의 기억을 좇아
천하를 상대로 싸우면서 열아홉 살 때까지 얻은 이름들.
그리고 백팔살인공(百八殺人功).

大武神

백팔살인공을 한 몸에 지닌 그를 훗날 천하는 그렇게 불렀다.